Una patria con madre

Una patria con madre

La historia de Malinche que nos libera

Elisa Queijeiro

Grijalbo

El papel utilizado para la impresión de este libro ha sido fabricado a partir de madera
procedente de bosques y plantaciones gestionadas con los más altos estándares ambientales,
garantizando una explotación de los recursos sostenible con el medio ambiente y beneficiosa para las personas.

Penguin
Random House
Grupo Editorial

Una patria con madre
La historia de Malinche que nos libera

Primera edición: abril, 2022

D. R. © 2018, Elisa Queijeiro Pizá

D. R. © 2022, derechos de edición mundiales en lengua castellana:
Penguin Random House Grupo Editorial, S. A. de C. V.
Blvd. Miguel de Cervantes Saavedra núm. 301, 1er piso,
colonia Granada, alcaldía Miguel Hidalgo, C. P. 11520,
Ciudad de México

penguinlibros.com

ISBN: 978-607-319-621-5

Impreso en México – *Printed in Mexico*

A Guadalupe Pizá de Queijeiro, Lupita,
mi madre

ÍNDICE

TERCERA PARTE
LA PROPUESTA

INTRODUCCIÓN

Este libro comenzó el día en que mi madre murió. Alcancé a besarle los pies, a decirle al oído que la amaba, a darle las gracias y saber, con certeza, que estábamos en paz. Sostuve su cabeza los últimos minutos, y en ese momento lo supe: *mi siguiente libro sería para ella*. Lo que no sabía es que también iba a ser sobre lo que estaba sintiendo: unión, pérdida, vínculo, congruencia, dolor, amor, despedida, verdad, posibilidad… poder, honra, agradecimiento, orgullo, privilegio, retorno, libertad. Vida.

Hay vórtices donde un profundo entendimiento lo acomoda todo.

Retornar a la madre es uno de los actos más reconciliadores para el ser humano. Todos nos hemos sentido retados, en algún momento, por la relación con nuestra madre. En mayor o menor medida su imagen se forma y se deforma ante nuestros ojos conforme crecemos. Nos vaciamos de ella entre juicios y reproches. Reconciliarnos con su esencia y aceptar amorosamente su humanidad son caminos que reconfortan. A veces se tiene que vivir la muerte y la verdadera ausencia para entenderlo. Pero cuando integramos su luz y su sombra, paradójicamente, recuperamos la propia aceptación. Nos independizamos de viejos patrones que no queremos en nuestra vida. Nos volvemos nuevos por un acto de humildad. Reconocer su camino nos fortalece. Honrar su legado nos libera.

Mi encuentro con Malintzin fue fortuito, buscaba una investigación interesante que compartir en el mes de la patria. Me pareció que la historia de la mujer indígena, considerada madre del mestizaje, pero también traidora por haber sido la traductora de Cortés, sería una muy buena opción. No tenía idea de lo que estaba a punto de descubrir. Conforme avanzaba en mi investigación pasé de la sorpresa a la indignación. Malinche había sido una esclava que en medio de las circunstancias más complejas se convirtió en una mujer libre a partir de sus dones y talento, que fue valiente y digna, inteligente y honorable; documentación precisa y vasta lo sustentaba. Entonces, ¿por qué el invento de la traidora? ¿Quién lo había empezado? ¿Qué había tenido que pasar para que la mujer más admirada del siglo XVI se hubiera convertido en la más odiada?

Se abrieron frente a mí la realidad de los rencores y el dolor de los mexicanos por la Conquista y su interpretación, pero también el machismo y la ceguera, así como el invento como parte de una necesidad para justificarnos dignos frente a nuestra historia, perpetuando el victimismo y la soberbia. Construimos un mito alrededor de Malinche y su vida quedó opacada: nació la "vendepatrias". No podíamos integrar la verdad del mestizaje. Alguien debía tener la culpa de lo que había pasado en el antiguo territorio de México, porque a los indígenas, sobre todo a los aztecas, los habíamos convertido en héroes estoicos que vieron caer su civilización, sin mayor explicación. Editamos de la historia los capítulos donde tlaxcaltecas, totonacos, otomíes, entre cientos de miles de indígenas se unieron a los españoles para vencer a los aztecas porque estaban cansados de sus conquistas, opresión y tributos exorbitantes.

En estos contextos que excluyen y culpan, los "chivos expiatorios"[1] se buscan hasta que se encuentran, se necesitan traidores que señalar y culpar, generalmente construidos de mentiras tan parecidas a la verdad, que ésta se vuelve borrosa hasta que se extingue en una nueva versión de la historia. Este "chivo" tiene características muy específicas para ser elegido: no puede defenderse, es débil por género, por su raza o por pertenecer a una minoría desfavorecida. Cuando la culpa se coloca en el "chivo", el resto del grupo se libera, su sacrificio es tan necesario como irracional. Después de que el culpable fue expuesto y expulsado, el tema se agota, nadie más lo cuestiona. Sin embargo, la herencia de esa mentira construida será tarde o temprano huella que denote su raíz podrida. Malinche fue nuestro chivo expiatorio: doña Marina[2] dejó de ser la que fue y se convirtió en la que inventamos.

---

[1] El concepto del chivo expiatorio es casi tan antiguo como el ser humano mismo. Tal parece que, desde siempre, hemos necesitado sacar nuestras culpas, escupirlas, echarlas fuera de nosotros, no hacernos responsables y limpiarnos de la carga que implica. Conecta con el QR número 1 (al final del capítulo). En él te cuento con todo detalle la historia de "Los chivos expiatorios de la humanidad".

[2] Marina fue el nombre con el que bautizaron los españoles a Malintzin cuando fue entregada como esclava en Potonchán. Pronto se ganó el respeto de los hombres de Cortés, quienes comenzaron a decirle doña Marina. Bernal Díaz del Castillo, cronista de la Conquista, lo deja asentado en sus narraciones.

Admirada por unos y respetada por otros, se convirtió sin duda en la mujer más importante de la Conquista. Nosotros traicionamos su memoria. Pareciera inofensivo o poco relevante: una leyenda más de nuestra historia. Pero esto nos ha hecho más daño del que alcanzamos a ver. Avergonzados por nuestro origen no hemos integrado nuestra grandeza. Ser hijos de una traidora nos vuelve huérfanos de madre honesta. Nos arrebata el derecho que sí tenemos de ser dignos y coherentes, de merecer desde la cuna lo que queramos. Creímos encontrar una solución señalando a Malintzin, pero nos colocamos en la víctima que nada lo puede para transformarnos en victimarios que todo lo arrebatan. Por esto Octavio Paz nos llamó en el *Laberinto de la soledad* "hijos de la chingada" por ser "hijos de la Malinche", *la rajada*.[3] Hemos aceptado estas premisas sin medir las consecuencias. Decidimos ser huérfanos, vivir sin madre.

Descubrir este dolor, este daño y sus consecuencias, fue el motivo principal por el cual escribí *Una patria con madre*. La pérdida de Malinche como madre digna de México me conectó con mi propia historia. No hay edad para la orfandad, yo sabía lo que era sentir ese vacío y desconexión con el origen. Pero también había comprendido que el verdadero consuelo, el que sana de manera profunda, está en la honra, en el recuerdo y en integrar la verdad. Necesitaba contar su historia, ayudarla a recuperar su lugar.

Malintzin fue puente, no cuchillo. El retorno a nuestras raíces de una forma honesta y objetiva nos devuelve la dignidad que perdimos, acomoda las piezas en el rompecabezas de la justicia

---

[3] Estos dos conceptos quedan detallados en el siguiente capítulo: "Nosotros traicionamos a la Malinche".

devolviéndonos el poder interno que, entre cuentos e inventos, nos arrebataron. El daño más grande de la Conquista no fue la lucha y la caída, sino la interpretación de la pérdida y la colocación de la culpa en una mujer que era al mismo tiempo origen y madre del mestizaje.

El conocimiento es semilla de libertad.

Una patria con madre se divide en tres partes. La primera, "El contexto", nos introduce al libro y desmenuza la historia de México haciendo ancla y detalle en los momentos históricos en donde la imagen de Malinche se fue desvirtuando, por eso su título: "Nosotros traicionamos a la Malinche". Igualmente importante fue para mí denunciar en este capítulo a quienes la llamaron "barragana" o "rajada", "traidora" o "vendepatrias", ya que fueron sus opiniones, adjetivos y descripciones manipuladas los que se incrustaron en la psique colectiva de los mexicanos; atrevernos a mirarlo también nos permite poner luz en las raíces descompuestas y profundas del machismo que ha denigrado a la mujer en nuestro país cuantas veces ha podido. Sus posturas ideológicas y políticas exponen la realidad de la sociedad mexicana que ha creído y sustentado el ataque a la mujer. El libro cobró otra dimensión cuando la historia de Malintzin se asomó como un firme escalón que nos puede ayudar a la recuperación de una nación dolida por la violencia contra la mujer y el invento sobre sus hombros.

La parte central del libro es "La historia", nueve capítulos que nos descubren a la niña noble, la esclava y la traductora. Recorremos la vida de Malintzin, su realidad y, lo más importante, su transformación y legado: "La mujer después de la esclava", "En los hombros de una grande" y "Los hijos de la Malinche". Solamente Malintzin, la histórica, puede rescatar a la mítica. Mi acercamiento es objetivo, con la distancia del que mira lo íntimo con respeto; mis fuentes migraron de las clásicas españolas e indígenas, a las más vanguardistas propuestas y análisis etnohistóricos, revisando igualmente antropólogos, sociólogos, lingüistas y por supuesto historiadores; tomé en cuenta también las inteligentes teorías de psicólogos junguianos, y uno de los momentos más sublimes de la investigación fue leer los cantos de las mujeres indígenas de ese tiempo, ya que me permitieron comprender más profundamente el carácter de Malintzin y cómo es que se sostuvo de pie y hacia adelante, en medio de las circunstancias más difíciles.

El libro termina con "La propuesta", una conclusión que nos dibuja a los mexicanos hoy, a las mujeres y los hombres de este país, que comprendemos el pasado y honramos nuestros pasos, los que somos capaces de liberarnos en el presente de mitos que ya no nos sirven, los que sabemos que "sí tenemos madre".

Cada capítulo viene acompañado de las citas bibliográficas que sustentan las premisas expuestas y también de notas a pie de página que complementan el texto, pero se suma una innovación a partir de mi vocación como "narradora de historias". Por primera vez incorporo en mis libros códigos QR que nos conectarán digitalmente: te acompañaré durante tu lectura con audios producidos de manera especial donde narro breves historias, anécdotas e información adicional que enriquecen el libro.[4]

---

[4] La dinámica es muy sencilla: al final de cada capítulo encontrarás los códigos QR que corresponden a cada narración. Solamente tienes que acercar cualquier dispositivo móvil a los códigos impresos y éstos se conectarán directamente con el sitio y la nota de audio señalada. La tecnología se suma al gozo de la lectura y te acompaño, de viva voz, mientras recorres las páginas de tu libro. Si tienes cualquier duda o problema escríbenos a unapatriaconmadre@elisa.mx.

Página tras página te invito a recorrer la historia de México, a comprendernos mejor desde entender nuestros motivos y a descubrir a la verdadera Malintzin, que fue valiente —te lo anticipo—, dura para sobrevivir y brillante usando sus dones. La nobleza de su sangre con el dolor de sus pérdidas quedaron sellados en uno de los únicos anhelos que tuvo: regresar a casa.

Creo que ya es tiempo.

San José Iturbide, Guanajuato
Rancho Santa María de los Remedios
Enero de 2022

QR 1 Los chivos expiatorios de la humanidad.

PRIMERA PARTE

EL CONTEXTO

Nosotros traicionamos a la Malinche

A lo largo de toda la Conquista la esclava que se volvió intérprete recibió de ambos bandos, indígena y español, primero atención, después respeto y al final, honra.

Para los indígenas la mujer no era un ser inferior, por lo tanto no era extraño o intolerable que fuera una de ellas la que tradujera para Cortés.[5] Entendían que tenía el don de la palabra y las lenguas. Esto era tan importante para ellos, que a los gobernantes

---

[5] La mujer en el mundo prehispánico era tan valiosa y sagrada como el hombre. Por supuesto que la sociedad estaba profundamente jerarquizada, pero no por género, sino por ocupación y linaje. Son los rituales que acompañaban la vida cotidiana: parto, nacimiento, iniciación de adolescencia, matrimonio y divorcio, viudez y muerte, los que nos muestran el valor de la mujer en el mundo mesoamericano. Todo el detalle y contexto histórico lo encontrarás narrado en el QR número 2, "El valor de la mujer en el mundo prehispánico", al final de este capítulo.

en náhuatl se les llamaba *tlatoani*, que literalmente significa "el que habla". De enorme valor eran los hombres o mujeres que llevaran la voz, lo mismo que sacerdotes y chamanas, ellos guiaban al pueblo con sus relatos y traducciones, enseñaban lo que el universo y los gobernantes pedían para mantener el orden.[6] Los demás escuchaban y obedecían. Malintzin era la vocera de los extranjeros. Vestida como Señora y con la dignidad recuperada, llevaba el mensaje de los españoles a los indígenas, que se dirigían a ella más que al capitán: sin ser gobernante, llevaba el mando.[7]

Los españoles del siglo XVI que llegaron a estas tierras no sabían honrar a una mujer más que desposándola: a las que deseaban las conquistaban o simplemente las tomaban; en cambio, a las de "buena familia" las convertían en esposas, ahí ponían su palabra y su honra. El pasado de estos hombres era el del medievo, donde la mujer por religión y decreto del Estado se convirtió en un ser inferior; vivían bajo la tutela y propiedad de los padres y luego de los esposos. Virtuosas, castas y bien cubiertas por telas finas desde el cuello hasta los pies, así tenían que ser las mujeres. Compañeras para tener hijos, no para opinar; su posición de esposas les permitía solamente parir, criar y obedecer.[8] ¡Cómo no se iban a sorprender los españoles con la soltura de las indias! Con sus cuerpos expuestos y morenos por el sol, por la firmeza

---

[6] En el mundo indígena, los sacerdotes —hombres y mujeres— estaban encargados también de mantener la retórica sagrada. Esto es, de recordar la labor de todos en la obediencia y el deber para mantener el orden y la continuidad, de tal manera que su universo no se hundiera en el caos (Townsend, 2015: 93).

[7] Estos detalles se comprueban a través de diversas fuentes, pero principalmente quedaron como testigos en tres lienzos-códices realizados por los tlaxcaltecas (Anexo). Escucha un poco más sobre este tema en el QR número 3.

[8] En *Las hijas de Eva y Lilith* (capítulo 1) abordo con detalle el tema de la formación de la moral medieval y la semilla del patriarcado en este tiempo, surgido desde la interpretación misma de la Biblia.

de sus muslos y caderas; extrañados por su limpieza y baño diario, atraídos por la naturalidad de su movimiento y el cabello suelto o trenzado: *eran indias obedientes, pero por su condición de esclavas, no por el hecho de ser mujeres.*

Marina se ganó la admiración de estos hombres. En pocos meses aprendió el castellano. Su fluidez entre lenguas era sorprendente, pero aún más la comprensión íntima de los motivos e intenciones. Traducía a unos e interpretaba a otros. Es Bernal Díaz del Castillo[9] quien se desborda en elogios para Malintzin: la nombra doña, doña Marina. Le dice mujer fuerte e incansable, sin queja en su boca o en su cuerpo; destaca su buen humor, lo contrasta con su carácter. La aprecia. Es honesto y se nota. La respeta, como aprendieron a hacer todos los españoles que la acompañaron con Cortés. Su vida dependía de su voz. Malintzin no tomó espada o fusil para la lucha, pero a ellos los armó con su palabra.

---

[9] Bernal Díaz del Castillo (1492, Medina del Campo, España-1584, Antigua Guatemala) era hombre de Cortés, vivió a su lado toda la aventura del Nuevo Mundo. Sus escritos quedaron plasmados en la famosa *Historia verdadera de la conquista de la Nueva España*, que sabemos terminó hacia 1568 (es decir, casi 50 años después de los hechos). El manuscrito llegó a España hasta 1575, aunque en realidad la primera edición fue impresa y publicada póstumamente, después de 57 años, en 1632. Por lo general está dividido en tres tomos, depende de la editorial, y formado por 214 capítulos.

Así, entre los años en que fue escrita y terminada su obra hasta su impresión y divulgación, hay mucha distancia. Hoy adicionalmente es un hecho sustentando por un gran número de historiadores, antropólogos y filólogos que Díaz del Castillo es más un narrador de la historia que un fiel historiador y que su narrativa está cargada con imaginerías y exageraciones junto con la sensibilidad romántica de quien vivió los hechos, pero los escribió mucho después de sucedidos. Lo cierto es que sigue siendo un referente indiscutible sobre los sucesos, y para todo aquel que quiera estudiar el periodo de la Conquista. Sin embargo, para poder indagar si lo escrito por él fue o no verdad, o bien acotar los hechos, es necesaria la comparación y sustento de lo que describe, cotejado con las costumbres de la época y las fuentes indígenas que nos dan otra luz, así como con otros biógrafos, narradores y crónicas de aquel tiempo.

Paso a paso, poblado tras poblado, nunca los traicionó, ni a los indígenas que se les unieron: los pueblos que se sentían oprimidos por los aztecas, cansados de sus batallas, destrucciones y tributos exorbitantes, se fueron uniendo a los extranjeros liderados por Hernán Cortés. Para ellos, ésta era su posibilidad de liberación.

La presencia de Malintzin hizo el entendimiento posible. Ella no tenía la culpa de que ganaran o perdieran, de que se unieran o enfrentaran con los extranjeros. En ella había una rendija para el diálogo, a través de ella se expresaban peticiones y demandas: los rotundos "no" o los caminos para un "sí". Malintzin comprendía el sentimiento y código de los indígenas. Los tradujo para Cortés. Aprendió a leer a los hombres blancos y barbados, sobre todo al capitán. Dejó de tenerles miedo y conoció sus intereses. Los tradujo para los indios. Fue un puente, no un cuchillo.

Mitos para crear una patria

La primera vez que Malinche aparece como una india lasciva y enamorada que se ofreció voluntariamente a Cortés, "dispuesta a todo por su amor", fue en el libro anónimo llamado *Xicoténcatl*.[10]

---

[10] Este libro, impreso en Filadelfia en 1826, ha sido considerado como la primera novela histórica latinoamericana; se han elaborado innumerables análisis sobre él, los cuales incluyen propuestas de quién pudo haber sido el autor. (Para ahondar en el tema recomiendo el trabajo de José Rojas Garcidueñas, 1961.)
Cabe señalar que Xicoténcatl fue un personaje real. Hijo de Xicoténcatl I, fue el guerrero tlaxcalteca que más se opuso a la alianza con Cortés. De ahí que en muchas ocasiones se le considere el indio héroe que no quería a los españoles y que se resistió aun enfrentando a su padre. Sin embargo, tuvo que ceder al mandato de los jefes tlaxcaltecas y fue quien acompañó a Cortés, junto con sus hombres, hasta el final de sus días. Su vida es fundamental en la historia de la Conquista, pero queda desdibujado en las páginas de esta novela

Los errores históricos y tendencias románticas de su autor no fueron suficientes para desacreditar su interpretación absurda sobre Malintzin, comenzando porque se equivoca con su nombre indígena, llamándola *Guacoalca*, y confunde el lugar de la primera batalla ganada por Cortés (en donde recibió veinte esclavas, incluida Malintzin); menciona que es Champotón (en Campeche) en lugar de Potonchán (en la zona maya de Tabasco). Elude y no se detiene en uno de los detalles más importantes: Malinche y las otras mujeres no podían tener voluntad, todas eran esclavas, no jóvenes buscando un amor al cual servir.

Es claro que esta novela no tiene la intención de ser precisa en los detalles históricos, sino en la construcción del héroe indígena Xicoténcatl. Sin embargo, desde mediados del siglo XIX construyó en el imaginario colectivo de los mexicanos las personalidades que se convertirán en los arquetipos de la Conquista: el guerrero indígena valiente pero vencido; el conquistador que venía a destruirlo todo, y las indias traidoras de su pueblo.

La distorsión de la esencia de "la Malinche" quedó por escrito en esta novela, pero comenzó mucho tiempo antes, como parte de la ideología de los novohispanos buscando identidad, misma que fue heredada por los mexicanos del siglo XIX y después del XX, que forjando patria seguían dos premisas: la expulsión y rechazo absoluto a los extranjeros que querían gobernar en el país y la costumbre moral de limitar a la mujer, exigiéndoles un comportamiento casto y obediente.

---

porque deja de ser el indígena que quiere defender a su pueblo, para convertirse en un hombre que se deja llevar por sus pasiones y amor ciego que siente por la villana de la historia: Xicomui, hija de uno de los señores principales de Tlaxcala. La trama lleva a Xicoténcatl a pelear contra Cortés y luego a ser su aliado en contra de Moctezuma, pero no por su ideología guerrera, sino para seguir desesperado a su amada.

Un poco de historia para entendernos

Muchas veces no son solamente los hechos los que forman la historia de una nación, sino la interpretación posterior de los mismos, la necesidad de contarnos una historia, más que recordarla. Las carencias y creencias se tejen para dar marco y contexto a lo que necesitamos decirnos para sentir un poco de paz, frente a esos hechos, que jamás son blanco y negro. En las tonalidades de grises se cuelan las ideas, las posibilidades y las respuestas convertidas en mitos. Héroes y dioses, vírgenes protectoras, mujeres hechiceras o lascivas, magia y milagro. Al final, necesitamos estos mitos para sobrevivir y paradójicamente también para dar sentido al futuro.

En México, pasadas las primeras décadas de la Conquista, a los novohispanos se les llamó criollos. En un principio era simplemente el sustantivo para nombrar a los hijos de españoles que nacían en la Nueva España, pero pronto fueron los hijos de los hijos y los nietos y bisnietos, y también los que sin haber nacido en América se habían asimilado y se sentían de esta tierra. No había terminado el siglo xvi cuando ser criollo respondía más a una actitud y sentimiento, que a un hecho accidental de nacimiento:[11] eran "los de aquí", que —por simple situación geográfica y después anímica— existían en contraposición a "los de allá"; a los *gachupines*,[12] como comenzaron a llamar a los españoles

---

[11] Manrique (1976): 647-681.

[12] El término *gachupín* viene de la unión de dos vocablos nahuas: *cactli*, zapato, y *tzopini*, cosa que espina o punza, resultando, con el vocablo final *-tli*, la palabra compuesta *catzopini*: hombres con espuela, como bien se distinguía el calzado de los españoles. Esta palabra fácilmente se castellaniza como *gachupines*. En un principio era una descripción y nada más, sin connotación negativa, pero conforme se fue generalizando el término para separar a los "españoles que ya

peninsulares,[13] que sin entender nada de esta tierra, ni de sus formas, ni de los primeros esfuerzos hechos por sus compatriotas, llegaban a la Nueva España sintiéndose dueños y señores: pobres, que se enriquecían; españoles sin títulos, ni propiedades, que los obtenían por el simple hecho de venir directamente desembarcados de "la madre patria".[14]

El enojo crecía en el corazón de los criollos, que veían por demás abusiva e injusta la condición de los gachupines. Necesitaban distinguirse de ellos, no eran iguales aunque hablaran igual, se vistieran del mismo modo y creyeran en el mismo Dios. No eran europeos, pero sus referencias de vida, sí; vivían aquí y amaban esta tierra, pero no les pertenecía de origen, sus ancestros españoles la habían arrebatado. Los criollos estaban atrapados entre mundos, sin saberse definir y con la angustia que genera este desconcierto. Entonces, la cultura criolla se volvió la propia búsqueda, el rescate de una identidad nueva que les diera sustento y sentido: el criollo estudia, indaga y se transforma preguntándose: "¿Quién soy?", "¿qué soy?" y "¿a qué tengo derecho?". Para responderse, tomó lo que tenían al alcance y lo

---

estaban aquí y a sus hijos", de los nuevos hispanos llegados de la península o madre tierra con ínfulas y sin respeto, el término cobró un sentido despectivo fuerte, hasta la ofensa.

[13] Eran peninsulares todos aquellos españoles que venían directo de la península ibérica, es decir, los recién desembarcados.

[14] En versos, prosas y sonetos quedaron plasmados los sentimientos de esos primeros novohispanos, como los de Baltazar Dorantes de Carranza (1604), que escribe contra los españoles con astucia y virulencia en sus lamentaciones: "Minas sin plata, sin verdad mineros, mercaderes por ella codiciosos caballeros de serlo deseosos: con toda, presunción *bodegoneros*". Lo mismo se queja del dominico Agustín Dávila Padilla, que desde 1589 ya escribía en sus descripciones de hechos sobre las "cargazones de *gachupines* que año con año vienen de Europa", a los que acusa de los males que suceden en esta tierra (Manrique, 1976: 647-648).

que lo diferenciaba de todos los demás pueblos: *el mundo indígena prehispánico* fue su rescate.[15] Lo hicieron suyo, lo enaltecieron, terminaron la construcción de héroes y villanos o villanas —donde cupo a la perfección Malinche—, crearon para sí mismos una nueva mitología con la Virgen de Guadalupe al centro, por morena, *mestiza* y católica como símbolo aglutinante de todos.[16]

El criollo recuperó su orgullo entre costumbres arraigadas europeas, tradiciones mezcladas y una moral religiosa extrema, nació así la sociedad del siglo XVII y XVIII con el barroco novohispano como la máxima manifestación del arte criollo, que fue inmenso en letras, con la cúspide en Sor Juana Inés de la Cruz y Carlos de Sigüenza y Góngora. Pero también en arquitectura, principalmente religiosa de templos, conventos y catedrales construidos con el dinero de patronos ricos que mostraban su fe y pagaban su

---

[15] Son dos criollos ilustrados principalmente los que construyen un pasado indígena para la Nueva España, el franciscano fray Juan de Torquemada y don Fernando de Alva Ixtlixóchitl, descendiente de Nezahualcóyotl y de los reyes de Texcoco. Ambos aportan sentido a las crónicas anteriores como las de Bernardino de Sahagún, las enmarcan y enriquecen. Los detalles de sus obras y trascendencia los puedes escuchar en el QR número 4, "Criollos en búsqueda de identidad".

[16] El fenómeno, realidad y profundidad de la existencia de la Virgen de Guadalupe en la vida de los mexicanos, todavía nombrada Tonanztin hasta nuestros días, es muy poderoso y trascendente para comprendernos. Fue símbolo y refugio de los indígenas al ver perdidos a sus dioses y costumbres, les habló en códice, provocó consuelo y entendimiento. Pero después los criollos del siglo XVIII la tomarán como parte de su diferenciación del mundo, será símbolo de la grandeza de *su México*: "Una virgen, la morena del Tepeyac, los había elegido para hacer su santuario". Esto, en la mente de los criollos construyendo su identidad, significaba "somos especiales". Toda la historia de Guadalupe, como virgen y como diosa, como imagen y consuelo, como madre de México, la encontrarás narrada en el QR número 5 al final del capítulo: "Guadalupe, la diosa de la conversión y Virgen del consuelo".

salvación; las universidades se levantaron orgullosas y se vivía el apogeo del "sueño de la Nueva España", como lo llama Edmundo O'Gorman.[17] Pero debajo de esta grandeza, fachada construida con flores de hoja de oro, se cocinaba también la doble moral y un patriarcado taladrante, tanto como el de la Edad Media: las mujeres eran las compañeras, punto, o las monjas y novicias ganando el cielo por todos los demás en el convento. Castidad y miedo; superstición y lujuria. Control. Las indígenas eran sirvientas y las negras, esclavas. Desigualdad. Reglas impuestas para ser acatadas con rigor. La infamia o la deshonra era el peor de los castigos... junto con el merecido infierno, claro. Tiempos de grandeza y sus contrarios. Malinche, con su personalidad y poder, con su vínculo con los españoles y su supuesto "desarraigo" indígena, no cabía como la heroína que había sido; por el contrario, era motivo de condena y repudio para la moral e identidad criolla.

Los tres siglos de Virreinato constituyen, sin lugar a duda, parte del caleidoscopio del que somos herencia los mexicanos. Terminado ese periodo, el siglo XIX se va a levantar listo para el cambio: el monarca español, Felipe VII, es secuestrado por los franceses; Napoleón Bonaparte toma el poder e impone a su primo Pepe Botella[18] como gobernante. Los españoles están

---

[17] Edmundo O'Gorman fue un historiador y filósofo mexicano, que dedicó gran parte de sus estudios a revisar las premisas de los fundamentos de la historia; fue innovador en el campo de la historiografía en nuestro país (Manrique, 1976: 648).

[18] La invasión napoleónica a España sucedió en el transcurso de la guerra de la península ibérica. Comenzó sigilosamente en 1808 durante la entrada autorizada de los ejércitos franceses al territorio español con motivo de la invasión a Portugal, que había sido concertada entre franceses y españoles. Una vez dentro del territorio, Napoleón Bonaparte obligó al rey español Fernando VII a abdicar, quedando la plaza real en poder de su hermano José Bonaparte, a quien lo precedía su fama de alcohólico.

indignados. Redactan la Constitución de Cádiz, brillante carta de derechos y responsabilidades que impulsaría a España a una nueva forma de gobierno y justicia. En México —todavía nombrado Nueva España— no cabe lealtad por ese monarca francés que no les corresponde. El pueblo está aletargado, empobrecido, sin esperanza, pero la llama de los criollos ilustrados, con sus discursos y acciones incendiarias, prendió la furia de sus cuerpos y corazones por tanto tiempo reprimidos. Inició la guerra de Independencia. Hasta el día de hoy, los mexicanos cargamos en nuestra psique la imagen de un cura, don Miguel Hidalgo, tocando la campana mayor de la iglesia del pueblo —señal que se usaba como alerta cuando había que convocar con premura— y levantando con la otra mano el estandarte de la Virgen de Guadalupe mientras comenzaba, a gritos, su discurso: "¡Hijos míos! ¡Únanse conmigo!¡Ayúdenme a defender la patria! Los gachupines quieren entregarla a los impíos franceses. ¡Se acabó la opresión! ¡Se acabaron los tributos! Al que me siga a caballo le daré un peso y a los de a pie, un tostón. El llamado estaba dado, el pueblo, decidido, entonces cerró la noche con el famoso grito de Dolores: '¡Viva la religión!, ¡viva nuestra madre santísima de Guadalupe!, ¡viva Fernando VII!, ¡viva la América y muera el mal gobierno! ¡Viva la Virgen de Guadalupe y mueran los gachupines!'".[19]

La Virgen fue el símbolo y el rencor acumulado por años, el sentimiento que parió el inicio de las revueltas. Le seguirán 11 años de lucha, guerra de guerrillas y traiciones, la búsqueda desesperada de un marco legal, asesinatos políticos y en masa, abusos, más dolor, más pobreza, pero una sola energía dispuesta contra todo a lograr la separación de España. El 27 de septiembre de

---

[19] Galeana (2013).

1821, Agustín de Iturbide da por lograda la independencia del Imperio Mexicano.[20] España lo niega, no lo reconocerá hasta 1836. Pero no importaba. México ya era independiente y Guadalupe Victoria, su primer presidente. Dejamos de ser Nueva España, nos nombramos mexicanos, como la raíz misma de la capital azteca México-Tenochtitlán, y así un nuevo sueño se construía, la autonomía, la madurez del criollismo como dueño y patrón de su territorio. Mucho camino nos faltaba para sentirlo cuando nuevas invasiones sucedieron una tras otra: primero los estadounidenses en 1846 (en menos de un año perdimos la mitad del territorio). Más rencor se sembró contra los extranjeros. México siguió en guerra, pero ahora entre hermanos: liberales y conservadores se peleaban por tener la razón y las formas correctas para gobernar este país. La Constitución de 1857 por fin fue jurada por el presidente en el poder. Ignacio Comonfort, amenazado por su madre, se arrepiente. Los mexicanos, aunque ilustrados, seguían contaminados de religión y superstición. La leyenda urbana sigue diciendo que fue la madre de Comonfort quien lo convenció de no firmar la Constitución, asegurándole que se condenarían, madre e hijo, en el infierno. Lo logró.

En enero de 1859, Comonfort se retira del poder, Benito Juárez hereda la presidencia (pasa de estar encarcelado en Palacio Nacional a ocupar la silla presidencial). Liberal y masón, indígena zapoteco brillante, tres veces se reeligió. Entre las luces y sombras de su presidencia logró para México la liberación de pensamiento, culto y religión a través de las Leyes de Reforma, que se defendieron con otra guerra que duró tres años. Para 1861 de nuevo el

---

[20] La intención de lograr un imperio mexicano por parte de Agustín de Iturbide y la aristocracia mexicana fracasó en menos de nueve meses. México sería una República Federal desde 1824.

país está en bancarrota, anuncia a sus acreedores, Francia, España e Inglaterra, que no pagará sus deudas. Representantes de los tres países se embarcan hacia México, están dispuestos a exigir, como sea, que se les pague lo que se les debe. En Veracruz son detenidos por un contingente político de mexicanos, el Secretario de Relaciones Exteriores expone la situación del país; España e Inglaterra comprenden la crisis, renegocian sus adeudos y retornan al viejo continente. Pero Francia, gobernado por un Bonaparte, aprovecha el momento: expansionista por naturaleza, quiere el territorio mexicano para él, crecer su presencia en América y hacer frente a Estados Unidos, también expansionista. Decide invadir México. Avanzan las tropas francesas, solamente son detenidas momentáneamente en Puebla, el famoso 5 de mayo, pero los franceses toman la capital en 1862.

Los conservadores, enemigos de Benito Juárez, aprovecharon la circunstancia: en su ideología, la solución para México era un nuevo emperador con monarquía constitucional. Viajaron a Europa para entrevistarse con Napoleón III, quien sin dudarlo compra la idea y lanza, a su vez, el anzuelo paradójicamente a su enemigo, Maximiliano de Habsburgo.[21] Quiere conciliarse con la casa real que gobierna Austria-Hungría. La esposa de Maximiliano, Carlota, y su suegro, Leopoldo I de Bélgica, creen que el Imperio mexicano es buena idea; lo presionan para que acepte. Por el contrario, el archiduque de Austria, hermano de Maximiliano y káiser, se opone: lo amenaza con desheredarlo. Maximiliano

---

[21] Maximiliano de Habsburgo era miembro de la casa real de los Habsburgo-Lorena, hijo del archiduque Francisco Carlos de Austria y Sofía de Baviera. Cuando Napoleón III le ofreció gobernar México, su hermano, Francisco José, ya gobernaba el inmenso Imperio austrohúngaro. Su esposa fue Carlota I de Bélgica y juntos fueron virreyes de las provincias de Lombardo-Veneto y después de México.

sigue analizando la propuesta, exige a Napoleón su respaldo, las negociaciones comienzan y los conservadores mexicanos, encabezados por Miguel Miramón, llegan a Trieste, Italia, para dialogar con Maximiliano; lo convencen. En abril de 1864 se firman los Tratados de Miramar. Maximiliano y Carlota son nombrados Emperadores de México. En mayo se embarcan hacia Veracruz, creían que serían bien recibidos. No fue así. No importaron sus buenas intenciones o capacidades para gobernar, ni siquiera que compartían con Benito Juárez y los liberales ideología y una genuina preocupación por los indígenas mexicanos y el campo. Para ellos, México era una verdadera misión de vida, pero llegaron aquí sólo para reafirmar la convicción mexicana de no tolerar a un extranjero más en el gobierno, fueron el último pretexto para abrazar con furia la soberanía nacional.

Carlota regresó a Europa desesperada en julio de 1866.[22] Maximiliano de Habsburgo fue fusilado un año después en el Cerro de las Campanas, en Querétaro, el 19 de junio de 1867. Con su muerte, el último extranjero en el liderazgo del país se extinguió.

¿Y QUÉ HAY CON MALINCHE?

Si bien pensaríamos que durante todo el siglo XIX, entre sus guerras y conflictos, no se habló más de ella, no fue así. No es casualidad

---

[22] La vida de Carlota de Bélgica, emperatriz de México, es tan fascinante como dolorosa; en su espejo podemos entender no sólo parte de la política y sociedad de nuestro país, sino el corazón de una mujer que lo que quería era servir y darle un sentido a su vida. Escucha su historia completa en el QR número 6: "Carlota, mucho más que la emperatriz que se volvió loca".

que el mencionado libro *Xicoténcatl* se haya publicado en 1826, justamente terminada la lucha por la independencia y en plena construcción del México autónomo. La novela es el reflejo de la ideología de los mexicanos de ese siglo, donde la sociedad quedaba dividida en los buenos, los malos y las mujeres —*seres conquistables y débiles*—. Además, los hombres de ese siglo tenían claro que no estaban dispuestos a permitir ninguna intromisión más en el territorio nacional: lo que habían defendido los años anteriores con las armas, lo seguirían haciendo con las palabras. Así por ejemplo, Ignacio Ramírez, el Nigromante (pensador, escritor y político liberal mexicano de ese tiempo), respondió en 1868 al español Emilio Castelar que no se olvidara de que "'¡Mueran los gachupines!' había sido el primer grito de la patria".[23] Castelar se había lanzado a criticar el espíritu mexicano independiente, que no quería ni estaba dispuesto a relacionarse un día más con los españoles.[24] "Americanícese usted, señor Castelar" fue el valiente

---

[23] Carlos Monsiváis, en el libro *La Malinche, sus padres y sus hijos*, coordinado por Margo Glantz (2008), nos recuerda que los políticos del siglo XIX fueron los que defendieron de manera incendiaria las posturas antiextranjeros y cómo dentro de su ideología la Malinche formaba parte de los enemigos a expulsar.

En este libro Margo Glantz, académica y escritora prolífica mexicana, tiene la altura e inteligencia de reunir varias de las exposiciones de los pensadores, escritores, críticos y académicos de México que formaron parte del coloquio que ella misma promovió en torno de la figura de Malintzin, en 1992. En este ensayo de ensayos no sólo están los escritos y pensamientos de ella, su estudio y su postura, sino que le devuelve la voz a la Malinche desde la pluma de los más diversos académicos: la reivindica con muchas traducciones y estudios correctos sobre su figura, dejando a la luz la necesidad y la fuerza del invento alrededor de su figura.

[24] En 1968, en un discurso contra los mexicanos independentistas y liberales, Emilio Castelar escribió: "¡Renegáis, americanos, de esta nación generosa [...] Renegáis de ese país que ha fundado vuestros puertos, que ha erigido vuestros puertos, que os ha dado su sangre, que ha difundido su alma en vuestra alma, que os ha enseñado a hablar la más hermosa, la más sonora de las lenguas

punto final del discurso de Ramírez contra Emilio Castelar.[25] Esta frase es el reflejo de lo que sentían los mexicanos del siglo xix, base y raíz del pensamiento que se hará costra en el xx. Malinche estaba atrapada entre rencores, ideas y venganzas, porque procesos de pensamiento tan poderosos y cambios de ideología con esa profundidad necesitan de símbolos, mitos y leyendas para lograr permear en el tiempo. De manera perfecta, Malintzin encajó con la imagen distorsionada de la mujer traidora, peor aún, la madre culpable que había que desterrar. El invento se volvió peligroso cuando nos fuimos quedando sin la herencia noble, real y valiosa de la mujer indígena que era madre del mestizaje. La orfandad comenzó. El daño sería profundo.

A la política antiextranjeros de ese momento —que ahora comprendemos— se unió además el juicio y pensamiento patriarcal que dominaba la mente y creencias, hasta de los hombres más liberales: mismos que exigían de las mujeres un comportamiento casto, prudente e impecable. La virtudes que se esperaban de ellas quedaban claras tanto en lo privado, como en los discursos públicos. Así lo expresó Ignacio Ramírez el 16 de septiembre de 1861 para conmemorar la Independencia:

> Es uno de los misterios de la fatalidad que todas las naciones deban su pérdida y su baldón a una mujer y a otra mujer su salvación y su gloria, en todas partes se reproduce el mito de Eva y de María;

---

y que por civilizar al Nuevo Mundo se desangró, se enflaqueció, como Roma por civilizar el Antiguo" (Glantz, 2008: 202).

[25] Ignacio Ramírez (1984), citado en Carlos Monsiváis, "La Malinche y el malinchismo", en Glantz (2008): 203.

nosotros recordamos con indignación a la barragana de Cortés,[26] y jamás olvidaremos en nuestra gratitud a D. María Josefa Ortiz, la Malintzin inmaculada de otra época que se atrevió a pronunciar el fiat de la independencia para que la encarnación del patriotismo lo realizara.[27]

El machismo, raíz profunda en nuestra sociedad, queda expuesto sin tapujos en el discurso de Ramírez, considerado hasta nuestros días como uno de los más grandes pensadores y políticos del siglo XIX. Era liberal de *hueso colorado*, es decir, antirreligión, y aun así señala a la mujer como la raíz de todos los males (al mismísimo estilo de la Biblia), indigna por ser carnal. A la amante la reduce a la barragana, la insulta y la condena; no hay espacio para ninguna explicación. El chivo expiatorio está expuesto, es una mujer indígena que, por supuesto, no puede defenderse.

El puente entre el siglo XIX y el XX los mexicanos lo cruzamos gobernados por la eterna presidencia de Porfirio Díaz; más de treinta años en el poder habían marcado de nuevo al pueblo con el hartazgo, frente al abuso. El lema de Porfirio: "Orden y progreso", se logró con altísimos costos sociales, represión, desigualdad y un elemento adicional que se sumó a la ponzoña antiextranjeros. Porque si bien Porfirio Díaz no soltó el poder a extranjeros, sí permitió la entrada de sus capitales para desarrollar la minería, el

---

[26] La palabra *barragana* se popularizó durante el Virreinato; destila desprecio y ha sido asociada con una mera prostituta. Sin embargo, la barragana era culturalmente una mujer legítima que vivía en una especie de concubinato aceptado socialmente, pero sin derechos civiles. Es Ignacio Ramírez, el Nigromante, el primero que llama así a Malinche, públicamente, durante el discurso del 16 de septiembre de 1861.

[27] Ramírez (1861).

petróleo, la agricultura, las comunicaciones ferroviarias y telegráficas. Esto aunado al estilo afrancesado que instituyó para embellecer la arquitectura de la capital. El Teatro Juárez, el Monumento a la Revolución, la columna del Ángel de la Independencia o la renovación del Castillo de Chapultepec, junto con la obra iniciada del Palacio de Bellas Artes, entre muchos monumentos y edificios más, fueron obra, capricho y logro porfiriano. El país prosperaba, pero para las heridas de los mexicanos, estas inversiones y gustos arquitectónicos eran otra "forma permitida" de invasión extranjera. No se toleraría, como ninguna reelección más de Porfirio. La Revolución mexicana estalló el 20 de noviembre de 1910, la lucha armada duró hasta 1917, la expulsión de Porfirio era inminente y necesaria, pero también la instauración de la nueva Constitución que nos rige desde entonces, cuyo énfasis estaba puesto en reconocer las garantías sociales y los derechos laborales colectivos. México vio nacer a una nación que quería insertarse en una modernidad boyante, pero con derechos respetados para los más desfavorecidos; el nacionalismo y el amor a la patria fueron también características necesarias para enraizar este sentimiento. Sin embargo, para 1920, 80% de la población no sabía ni leer, ni escribir. La ignorancia era el reto del nuevo gobierno sin Porfirio, y también fue la cuna que compró el mito en blanco y negro de los buenos y los malos, los vencedores y los vencidos.

El muralismo fue la vanguardia artística que México aportó al mundo en ese tiempo. José María Vasconcelos estaba a la cabeza de la Secretaría de Educación Pública y era responsable también de la cultura. La necesidad era mucha y el presupuesto poco. Fue su liderazgo e inteligencia lo que llamó a los pintores del país, los jóvenes —ya maduros— que venían pujando después de estudiar en San Carlos y en el extranjero, para que pintaran a México en sus muros. Los edificios públicos se convirtieron en caballetes gigantes y las brochas y pinceles de Diego Rivera, David Alfaro Siqueiros, José Clemente Orozco, Jorge González Camarena y los demás grandes muralistas de México nos contaron la historia: los obreros oprimidos, el campo aniquilado, la sociedad burguesa que quería seguir permaneciendo y los indígenas olvidados e injustamente tratados después de la cruel conquista.

Muy poderoso fue el impacto de nuestros artistas no sólo en México, sino en el mundo; los maestros muralistas llevaban la voz cantante. Esta vanguardia dio a luz arte e ideología, con raíces de nacionalismo proteccionista. Fue vital el movimiento, sustentando en letras y otras manifestaciones políticas y filosóficas además de las artísticas. Respuesta de lo que necesitábamos los mexicanos en ese momento: espejo de nuestros dolores, carencias y rencor acumulados.

Sin embargo, también el muralismo y la base intelectual de ese tiempo dejó de integrar a los extranjeros como valiosos en la creación de esta nación: sobre todo los españoles fueron tratados como "los otros", los ajenos que destruyeron, sin aceptar que también habían sumado. Esta radicalización de pensamiento dejó profundas huellas de desvinculación en nosotros los mexicanos, nos escindió, nos partimos en dos; negando una parte tan nuestra como lo es la prehispánica, se nos olvidó que todos o casi todos llevamos en las venas sangre criolla o mestiza.

Con las ideas nacionalistas de aislamiento como fundamento, los mexicanos cerramos nuestra relación ideológica con "los otros" y todo lo que tuviera olor a extranjero apestaba para los nuevos mexicanos haciendo patria. En este contexto se acuñó desde la máquina de escribir de los periodistas en los años treinta el término *malinchista* para señalar y condenar a todo aquel "que osara" querer algo de los extranjeros sobre lo nacional. Un nuevo adjetivo despectivo había nacido y sin mayor sustento llevaba en su raíz el nombre de la mujer indígena que había sido honrada en su tiempo, y hoy, sin justificación real, era por demás despreciada.

A esto quedó reducida Malinche. Las banderillas al toro estaban puestas.

Dos décadas más adelante, uno de los ensayos que le dio el Premio Nobel de Literatura a Octavio Paz[28] fue publicado con un éxito rotundo: *El laberinto de la soledad*. "¡Brillante!", ése era el adjetivo común de las crónicas y críticas literarias al ensayo del poeta.

Octavio Paz nos retrató a los mexicanos. Recorrió con lucidez nuestra historia haciendo una parada en seco sobre Malinche: dibujados y desdibujados en sus letras nos recuerda entre frases profundas y modismos de la calle el sentimiento de abandono que acomodamos los mexicanos en nuestra psique colectiva; explica con detalle cómo y cuándo nos hicimos de esas huellas —reales unas, imaginarias otras— y sobre todo (quizá lo más valioso para quien quiere hacer una reflexión honesta) nos dice sin tapujos cuál es el daño que nos ha hecho creer y habitar una supuesta "rajada emocional", esa sensación que nos ha hecho sentir violados

---

[28] Octavio Paz (1914-1988) es considerado uno de los escritores más influyentes de toda la literatura latinoamericana; poeta y ensayista, recibió el Premio Nobel de Literatura en 1990 y el Cervantes en 1981. Fue el primer mexicano en ser galardonado por la Academia Sueca. El anuncio oficial lo elogió así: "Por su escritura apasionada y de amplios horizontes, caracterizada por la inteligencia sensorial y la integridad humanística". *El laberinto de la soledad* no fue la única obra por la que Paz fue reconocido, sino por toda su trayectoria, comenzando por la poesía, pero sin lugar a duda será uno de los ensayos que lo harán trascender más allá de los tiempos, junto con su conceptualización de los mexicanos.

y ultrajados, motivo por el cual nos volvimos, en el fondo, según la tesis de Paz: cerrados, ofendidos y eternamente a la defensiva. Nuestra "rajada emocional" comenzó con el símbolo y la condena que dictamos para Malintzin:

> Si la Chingada es una representación de la madre violada, no me parece forzoso asociarla a la Conquista, que fue también una violación, no solamente en el sentido histórico, sino en la carne misma de las indias. *El símbolo de la entrega es doña Malinche, la amante de Cortés.* Es verdad que ella *se da voluntariamente al Conquistador,* pero éste, apenas deja de serle útil, la olvida. Doña Marina se ha convertido en una figura que *representa a las indias, fascinadas, violadas o seducidas por los españoles.* Y del mismo modo que el niño no perdona a su madre que lo abandone para ir en busca de su padre, el pueblo mexicano no perdona su traición a la Malinche. *Ella encarna lo abierto, lo chingado, frente a nuestros indios, estoicos, impasibles, cerrados.*[29]

Un buen ensayista es preciso y acotado, no duda de sus argumentos y los expone como verdades absolutas. Eso hace Octavio Paz a lo largo de *El laberinto de la soledad.* Pero se nos olvidó a los lectores que son aseveraciones del autor, propuestas personales sustentadas en hechos, investigaciones y premisas, pero que no dejan de ser interpretaciones. Así se construyen los ensayos. Así estuvo hecho el capítulo cuatro: "Los hijos de la Malinche".

La lectura literal de sus conceptos destruye la imagen de Malintzin en un "para siempre" que hoy pide rescate. La traicionamos poco a poco a lo largo de la historia convirtiéndola en un

---

[29] Paz (2008), capítulo IV, "Los hijos de la Malinche".

mito a conveniencia, no fuimos capaces de hacernos responsables y abrazar la verdad de los hechos acontecidos entre 1519 y 1521: la Conquista no la hicieron los españoles solos, la Conquista se logra con el vínculo y alianza de conquistadores y conquistados; los pueblos indígenas mesoamericanos estaban oprimidos por los aztecas y fastidiados por sus abusos. Los hombres barbados que venían de lejos eran su posibilidad de liberación. Señoríos indígenas completos se unieron a los españoles por conveniencia, y para ellos, la caída del Imperio azteca era su castigo merecido.[30]

Tal parece que nos duele más la verdad que la propia Conquista.

La leyenda de Malinche la traidora se volvió verdad aceptada sin más inteligencia o aportación por parte de nosotros, los lectores de *El laberinto de la soledad*. Con ese cuento nos quedamos la mayoría de los mexicanos. Seguramente ésta no era la intención primaria de Octavio Paz, pero su descripción de Malinche, hecha en presente, sin observaciones ni notas, le dio la estocada final a la mujer que un día fue admirada por su carácter y lucidez. Aseguró, sin espacio para dudas, que "ella se entregó voluntariamente a Cortés" y que era "la amante". No ofreció ninguna explicación adicional, la redujo a cuerpo y entrega. En su búsqueda por describir cómo nos sentimos los mexicanos eliminó la sensibilidad de Malintzin, su astucia, su valentía, y sobre todo dejó de remarcar el contexto: *ella había sido una esclava*, primero de los

---

[30] Las fuentes históricas tanto españolas, como indígenas varían sobre el número de guerreros indígenas que se unieron a Hernán Cortés para vencer a los aztecas, aunque casi todas coinciden en centenares de miles. Entre los principales señoríos que se vincularon con los conquistadores estuvieron los tlaxcaltecas, cholultecas, totonacos, otomíes y los habitantes de Cempoala.

mayas y despúes de Hernán Cortés, así como que la Conquista se logró, en gran medida, porque los pueblos indígenas sometidos por Moctezuma querían destruir a los aztecas.

Malintzin había muerto en el siglo xvi, pero nosotros matamos su grandeza en el siglo xx.

El daño estaba hecho. Aceptamos la propuesta de Octavio Paz y de los pensadores que lo antecedieron como la verdad oficial y el término *malinchista* como un adjetivo justo. Malintzin pagó por nuestras penas. No hubo solución al tergiversar la historia de Malinche, venimos, desde entonces, sintiéndonos menos y cumpliendo ese destino. Nos volvimos parte del mito, secuestrados por el arquetipo "del vencido y la vendida". Hicimos a un lado la realidad histórica, lo que parecía ser una edición conveniente, pero se volvió contra nosotros. Por contarnos las verdades a medias nos conformamos con poco. Repudiamos a Malintzin y nos escupimos en la cara. La propuesta es recuperarla para liberarnos de la necesidad de culpar y envidiar para justificar nuestras carencias.

Somos hombres y mujeres que descendemos de un linaje fuerte, capaz, creativo, inteligente, servicial e inmensamente resiliente. Abramos de nuevo su testamento y valoraremos su herencia. Retornar a Malinche es la vuelta al orden que nos permitirá evolucionar.

QR 2 El valor de la mujer en el mundo prehispánico.

QR 3 La grandeza de Malintzin en los
códices de Tlaxcala.

QR 4 Criollos en búsqueda de identidad.

QR 5 Guadalupe, la diosa de la conversión
y Virgen del consuelo.

QR 6 Carlota, mucho más que la emperatriz
que se volvió loca.

ANEXO

La grandeza de Malintzin reflejada en los códices indígenas de Tlaxcala

Son tres las fuentes principales que reflejan a Malintzin como la portadora de la voz y como la mujer de mando honrada por los indígenas. En primer lugar está el mapa de San Antonio Tepetlán, que registra la llegada de Hernán Cortés a las zonas de Tepetlán, Coatzacoalcos y Tlaxcala en 1519. Es la primera representación de Malintzin como figura central en esos encuentros.

El Códice de Tepetlán (S. XVI)

Fuente: American Museum of Natural History.

Le siguen las cuatro láminas llamadas Fragmentos de Texas, cuyo original se conserva en la colección Nettie Lee Benson, de la Universidad de Texas, en Austin, y está elaborado todavía a la usanza prehispánica, sin influencia española, por lo que se cree que pertenece a los días próximos a la Conquista. Está pintado sobre un papel de corteza doblado a la mitad. Las acciones que atestigua son el encuentro entre Cortés y Xicoténcatl padre. En cada lámina Malintzin es la imagen femenina central, y aparece ataviada como gran señora, con huipiles cuyas grecas simbolizaban nobleza; igualmente la mano levantada era señal de mando o de quien llevaba la voz. En las cuatro escenas la vemos a un lado de Cortés y de frente al dirigente tlaxcalteca. Es evidente el lugar preponderante que tenía en ese momento para quien realizó el lienzo y, por tanto, para los indígenas.

Lienzo de Tlaxcala, Fragmentos de Texas

Fuente: Biblioteca Digital Mexicana. http://bdmx.mx/documento/
lienzo-tlaxcala-fragmentos-texas.

Por último, la mayor de sus honras quedó plasmada en el conocido Lienzo de Tlaxcala, de realización más tardía (1552), el cual
narra en sus imágenes este mismo encuentro, pero después de las
primeras batallas, es decir, documenta el proceso de paz y de
alianza. Para que esto se lograra, la importancia de los intérpre-
tes fue fundamental. Malintzin aparece en 18 de las 48 escenas
pintadas, y en todas es la figura principal, junto con Cortés y los
Señores Tlaxcaltecas, de nuevo hermosamente vestida, con elegantes huipiles que la denotan una señora de importancia al lado
de Cortés y pintada de su mismo tamaño, en ocasiones incluso
más grande. Otros elementos como la cara con el mentón ele-
vado significaban muestra de dignidad y mando; el movimiento
de sus manos determina que estaba hablando, y en otras repre-
sentaciones la vírgula de la palabra en el aire, delante de la boca,
significa lo mismo.

Lienzo de Tlaxcala, Fragmentos de Texas

Fuente: Biblioteca Digital Mexicana. http://bdmx.mx/documento/
lienzo-tlaxcala-fragmentos-texas.

Segunda parte

La historia

I

EL ARREBATO DE UNA NIÑA

> *Diecisiete años debió de haber tenido*
> *Malinche cuando se convirtió en la intérprete*
> *de Hernán Cortés, pero tan sólo once*
> *o doce años cuando la hicieron esclava*
> *de los mayas.*

E ntre Oluta y Tetiquipaque, en Coatzacoalcos, nació Malintzin.[31] Su nombre seguramente no era ése, sino: "Hija mayor,
Hija de en medio, Hija menor o Última hija". Ésa era la costumbre más arraigada de los pueblos mexicas para nombrar a las
niñas.[32] Desde pequeña aprendió dos lenguas: el popoluca y el

---

[31] Si bien por un tiempo fue controvertido el lugar donde había nacido exactamente Malintzin, los documentos legales desprendidos de los juicios entabla-
dos tanto por Hernán Cortés como por María Jaramillo, la hija de Malintzin
(llevados a cabo por más de una década) después del fallecimiento de su madre, testifican con exactitud que nació en Coatzacoalcos, y las encomiendas
que reclamaba María eran justamente Oluta y Tetiquipaque, las cuales le pertenecían por obsequio de Cortés y eran su lugar de nacimiento (AGI; Patronato
56, N. 3, R. 4, "Méritos al servicio: Marina", 1542; en Townsend, 2015: 33).

[32] En el nombre de Malinche está toda la travesía de su vida: fue nombrada Marina por los españoles y después Malintzin por los indígenas que la

náhuatl. Ambos se hablaban cerca de casa, ella se movía libre en los dos *altépetl*[33] o ciudades-Estado donde vivía; había paz entre sus habitantes y convivían de manera cotidiana. Su oído y su voz se moldearon. Supo escuchar y hablar distinto. Su don se desarrolló. Éste le cambiaría la vida.

Malintzin creció en la nobleza de una familia náhuatl, eso es cierto, sus formas de adulta lo demuestran: la manera natural y digna con que se desenvolvió frente a los señores caciques de cada pueblo al que llegaba Cortés es una de las muestras más claras de que la esclava había sido educada dentro de una casa noble. Sabía cómo vestirse, cómo erigirse al lado del capitán, no dudaba de ella misma (Bernal Díaz del Castillo no sólo es testigo de su actitud, sino que la narra). Cuando llega el momento de presentarse frente a Moctezuma, comprende el náhuatl de los nobles, que era muy distinto del de la gente común. Lo traduce lo mejor que puede para Cortés, y se dirige al *tlatoani* con el respeto que se esperaba, pero sin el miedo o menosprecio que podría sentir una mujer del pueblo o una esclava.

---

honraban. Te cuento la historia en el QR número 7: "Detrás del nombre de Malinche".

[33] Se llamaba *altépetl* a las ciudades-Estado en el mundo mexica que funcionaban como entidades políticas independientes, con su propio gobernante. La palabra náhuatl de la que deriva significa "agua-cerro", dos elementos naturales que eran indispensables para la vida de cualquier pueblo: un manantial o fuente de agua para beber y regar los cultivos, y una montaña sagrada que era el "corazón del pueblo", donde vivían sus dioses y también los antepasados de la población. Agua y cerro simbolizaban la identidad del *altépetl*, así como su continuidad en el tiempo. Cada uno era como un país independiente, pues no sólo tenía su propio gobierno, sino también su propia identidad cultural y étnica que lo distinguía de sus vecinos, su propia historia y desarrollo particular. Además, su "dios patrono", es decir, una deidad que lo protegía y que los representaba, como hacen los santos patronos de los pueblos en la actualidad. Por estas razones, el gobernante de cada *altépetl* velaba antes que nada por su propio poder y por el bienestar de su pueblo, sin preocuparse por el destino de los otros *altépetl* vecinos.

También es verdad que la vendieron de niña. Pero no fue su madre. Esta historia nos llegó del puño y letra de Bernal Díaz del Castillo, que además de narrador de la Conquista y soldado de Cortés fue amigo de Malintzin. Bernal la admiró profundamente y es uno de los escritores que más eleva su dignidad, pero también recreaba en su cabeza y en sus escritos historias más fantásticas que reales, exageraciones poéticas que hoy se miran con distancia. Lo que él asumió sobre la infancia de Malinche es que su madre, aunque noble, quedó viuda; desamparada (según él) buscó refugio en otro esposo, también noble y cacique, con quien tuvo un hijo varón, el medio hermano de Malinche, que sería el nuevo heredero del *altépetl*. Por lo tanto, según la narración de Bernal, Malintzin no cabía más en la familia y como lealtad a su nuevo esposo, la madre decide venderla. ¡Esto jamás hubiera sucedido así en el mundo prehispánico! Las herencias y los linajes tenían una concepción distinta a la del viejo continente, clara influencia en Díaz del Castillo. Entre los pueblos mexicas, los hijos se podían convertir en los siguientes gobernantes de manera indistinta, no dependían de ser primogénitos y hombres, de hecho, por lo general los hijos adquirían el poder a partir de la esposa con la que se casaran y las mujeres eran valiosas a la vez por la madre de la que fueran hijas. Es decir, al final el linaje real dependía de la sangre de la madre, no de la del padre, ni por ser varón. El hermano pequeño de Malintzin, aunque fuera hijo del nuevo esposo, podía haber sido el heredero del *altépetl* sin ningún inconveniente y Malinche no estorbaba para esto, ni lo hubiera pretendido.

Si la madre de Malinche hubiera sido la señora principal del *altépetl* nunca la hubieran vendido. Lo más probable es que las cosas hayan sido distintas. Primero que nada, debe de haber sido la esposa secundaria o concubina porque no pudo defender a su hija, ni quedarse con ella; segundo, los motivos por los que una niña se vendía o se entregaba (sin haber habido una guerra de por medio) eran por hambruna o escasez en el *altépetl*, momento en el que podían ser intercambiadas por sacos de maíz o de cacao con algún comerciante; o bien, pudo haber sido un conflicto entre la madre de Malintzin y la señora principal de la casa, quien para vengarse se deshizo de la niña.

La historia de Bernal Díaz del Castillo es idéntica a la que se cuenta en la novela *Amadís de Gaula*, la famosa obra publicada en España en aquel tiempo y que Bernal seguramente conocía; también pudo haber escrito una versión inspirada en José, el soñador de la Biblia, el hijo de Jacob al que vendieron sus hermanos. No sabemos a ciencia cierta si Bernal Díaz del Castillo inventó la historia de Malintzin porque sí o fue influenciado, casi copiando lo que había leído de otros textos. Lo cierto es que era muy vergonzoso para la misma Malintzin haber sido vendida por su propia gente, y quizá ella contribuyó a los inventos de Bernal, tal vez cuando leyó su obra se sintió más cómoda con esa historia que con la suya.

Otras historias cuentan que Malintzin estaba sola, cerca de su casa, y fue secuestrada por comerciantes que pasaban por ahí. Esto tampoco es probable porque no era costumbre prehispánica secuestrar niñas, ni éstas jugaban lejos y solas.

La verdad es que no sabremos exactamente qué pasó, por qué, ni cómo se deshicieron de Malintzin. Como haya sido, lo vivió violento, doloroso y humillante, sin entender qué estaba pasando mientras se movía amarrada de pies y manos en una canoa desde las aguas grises de Coatzacoalcos, hacia la zona rica y exuberante de Tabasco. Ella era un producto más que vender en el mercado de Xicallanco.[34] La compraron unos ricos comerciantes de Potonchán. Eran mayas chontales o *xontalli*, que en náhuatl quiere decir "ajenos o extranjeros". Así eran estos hombres para la niña vendida a los once años: extraños.

En Potonchán quedó al servicio de las señoras de la casa, haría las labores arduas, como moler el maíz, preparar el hilado, echar tortillas, acarrear el agua, perseguir y cuidar a los niños. Las mujeres compradas en Xicallanco perdían su voluntad y los amos tenían derecho a usarlas sexualmente. Seguramente así fue para Malintzin, más porque todas las fuentes coinciden en su porte y belleza. De haber quedado embarazada se habría convertido en concubina-esclava y ahí hubiera vivido toda su vida, ya que los mayas no vendían ni entregaban a las mujeres que les daban hijos. Pero Malintzin era muy joven y las niñas que trabajan duro y comen poco no menstrúan o lo hacen tarde. Sin embargo, esto la hacía objeto todavía intercambiable.

No creo que la esperanza se hubiera asomado en el corazón de Malinche. Sólo le quedaba obedecer. No sabremos qué sintió, lo imaginamos nada más. Pero lo que sí quedó claro fue la huella y el legado de lo que aprendió: mientras conocía sus nuevos oficios, comenzó rápidamente a dominar el maya xontal, el que hablaban los señores de la casa, pero también el maya yucateco, que era distinto y lo usaban los otros esclavos y sirvientes: una vez más, su habilidad y don para las lenguas se hizo presente.

Cinco años después, cuando la vida de esclava ya era común, un nuevo cambio amenazó a Malintzin: narraciones de hombres extraños, que venían de lejos con ropa de metal, montados en

---

[34] Xicallanco era un puerto comercial rico, cosmopolita, donde nahuas y mayas convivían pacíficamente con la mira puesta en lo conveniente de mantener sólido y cuidado el comercio para todos.

venados enormes sin cuernos amenazaban la armonía de las casas mayas en Tabasco.[35] La guerra era inminente, los indios se preparaban. Malinche y las otras esclavas cuidarían de los niños y los bienes de las casas durante las batallas. Las mujeres, los niños y ancianos mayas esperarían escondidos. Sabemos que los mayas perdieron. La ofrenda se preparaba: regalos, comida, joyas y veinte mujeres para pedir perdón: Malintzin era parte de ellas. Su mundo conocido se desmoronó de nuevo, ya no era una niña, pero el miedo y la desolación atacan a cualquier edad.

---

[35] Las primeras descripciones de los indígenas sobre los españoles y sus caballos son más parecidas a seres fantásticos que a la realidad, no comprendían cómo podían flotar sus enormes embarcaciones, ni el material de sus ropajes, ni la grandeza y tamaño de sus animales.

QR 7 Detrás del nombre de Malinche.

II

EL PRINCIPIO DEL FIN

El final del mundo conocido para los antiguos mexicanos comenzó en 1519. Hernán Cortés, el conquistador español de Medellín, llegó a la zona de Tabasco un año después que Juan de Grijalva.[36] Éste iba con cuatro embarcaciones, Cortés con diez.

---

[36] Juan de Grijalva (1489-1527) llegó primero a Champotón en 1517. Para los indígenas hacía años que corrían los rumores de los invasores poderosos instalados en las islas del oriente. Los guerreros protectores de esta zona comercial no vacilaron, cuando Grijalva se acercó atacaron. Perdió por lo menos a la mitad de sus hombres. Se retiró. Un año después regresaría y no hizo lo mismo, no se distrajo, ni desembarcó, sin aviso y en formación cerrada atacó Champotón. Después de la destrucción elevó velas y se marchó. Nunca llegó a Xicallanco, la zona comercial más rica en ese tiempo. En junio de 1518 Grijalva ancló de nuevo en el río Tabasco, cerca de Potonchán y lo bautizó con su nombre; los guerreros ya lo estaban esperando. Hubo una primera batalla, ambos bandos se replegaron y al día siguiente a través de los traductores

En el primer encuentro de españoles e indígenas en esta tierra sólo intercambiaron víveres y regalos después de una leve batalla: Grijalva se fue pacíficamente. Pero los jefes guerreros de la zona habían decidido que no podrían continuar así, si los extranjeros regresaban, ellos atacarían. Así, cuando Cortés llegó acercándose directo a Potonchán[37] lo esperaba un ejército de cientos de guerreros apuntalados en toda la costa; habían llegado aliados de todos los poblados cercanos.

Desde el barco, un hombre gritó en maya que venían en son de paz, era Jerónimo de Aguilar.[38] Habló de su rey y su dios, de Cortés

---

buscó entendimiento, trueque y regalos, ofrecía a cambio paz. Los jefes guerreros de Potonchán se arriesgaron, se encontraron con el viajero, ofrecieron regalos y recibieron otros a cambio. Grijalva buscaba oro, los de Potonchán le indicaron que "eso" había tierra adentro con los mexicas. El hombre de barbas se fue. Los indígenas comprendieron que no por mucho tiempo, entendieron que estos extranjeros sabían retomar caminos y su intención de conquistar era seria, por lo tanto regresarían. Esperaron y un año después llegó Hernán Cortés (Townsend, 2015: 57-60; y Díaz, 1939).

[37] Potonchán también es conocida con el nombre de *Putunchán*; era la región maya, cabecera o ciudad principal de todo el señorío de Tabasco. Al ser la primera ciudad que cayó bajo las fuerzas conquistadoras de Cortés, en marzo de 1519, los españoles la llamaron Santa María de la Victoria y se convirtió también en la primera población española de estas nuevas tierras.

[38] Jerónimo de Aguilar fue un militar y se cree que también clérigo español, que llegó a América con Juan de Valdivia, pero, al naufragar su barco, fue capturado por los mayas y convertido en su esclavo por ocho largos años, hasta que fue liberado por Hernán Cortés, quien pagó por su libertad, no sólo porque era un militar español, sino para contratarlo como su primer intérprete, ya que había aprendido la lengua de los indígenas. Sin embargo, Cortés calculó mal, ya que Aguilar sólo hablaba maya y en el territorio del antiguo México se hablaba multitud de lenguas, pero la más útil sería el náhuatl, por ser la lengua utilizada por la mayoría de los pobladores, así como por los mexicas y los aztecas, quienes dominaban este territorio. Él y Malintzin serían entonces la mancuerna que tradujera al castellano. Fue él quien le enseñó a la indígena a hablar el español, y también, según documentos presentados en juicios muchos años después (1528 y 1550), le guardó profundo rencor a Hernán Cortés, y sentía atracción por Malinche. Ella nunca le correspondió.

como su capitán enviado, y anunció que si eran ayudados recibirían regalos y bendiciones desde su reino. Los mayas atacaron, pero los españoles avanzaron. Ganaron la primera batalla. Las pérdidas fueron muchas, pero no tantas como al día siguiente: en menos de dos horas habían muerto más de doscientos indígenas.[39] Jamás había pasado algo así, lo único que les quedaba era rendirse y pedir perdón arrepentidos. Cortés se los exigió. Sólo así podría creerles, no atacar más y negociar. Muchos regalos y oro mandaron los jefes de Potonchán al capitán y sus hombres; como muestra de su arrepentimiento entregaron veinte muchachas elegidas, las mejores de las casas mayas, todas esclavas. Entre ellas iba Malintzin.[40]

Potonchán estaba sometida, pero sus dirigentes, inteligentes como eran, alejaron a Hernán Cortés de su territorio: "El oro que buscas y también el poder están en Tenochtitlán, con los mexicas", informaron al capitán.

Los españoles se prepararon para irse de la zona maya. Pero antes tomaron a las veinte mujeres que le fueron entregadas a Cortés. Las bautizó Juan Díaz,[41] el único capellán que los acom-

---

[39] Las acotaciones numéricas sobre cuántos indígenas lucharon y fallecieron en aquel momento varían según la fuente: Bernal Díaz del Castillo describe hasta 600, las narraciones indígenas son las que estipulan que cerca de 200. Sabemos que el narrador español solía exagerar. Cualquiera que haya sido el número exacto nunca lo sabremos, pero lo que sí conocemos con certeza es que fueron cientos y que nunca antes, en dos días, una batalla había sido tan arrolladora.

[40] Regalar mujeres significaba sumisión, para los indígenas era un símbolo. Claro que no eran ni sus esposas, ni sus hijas, ellas eran valiosas y, por el contrario, las casaban convenientemente para sumar alianzas y compromisos.

[41] Juan Díaz fue el capellán que acompañó a Hernán Cortés durante los primeros años de la Conquista. Él había llegado a tierras americanas desde 1512 y, cuando supo de la aventura que estaba por iniciar el capitán, se comprometió a llevar la cruz y la ley cristiana con ellos. Era el responsable de bendecir las tierras para levantarlas como villas españolas, así como de llevar a cabo los bautizos y todos los sacramentos, incluidos los primeros matrimonios de

pañaba: recibieron agua bendita sobre la cabeza y la señal de la cruz, después un nombre cristiano. Hernán las repartió: purificadas, ya podían ser "usadas". Una para cada general. Malintzin, ahora bautizada como Marina, fue entregada a Alonso Hernández Portocarrero, el más importante de los capitanes para Cortés por ser el único de sangre noble.

Una de las maneras de poder ir comprobando los hechos de una vida como la de Malinche, que no fue escrita por ella, pero sí desdibujada por muchos, es atando los cabos de las costumbres de la época y de los motivos que llevaban a las acciones de sus personajes principales. Así, cuando queremos responder si Malintzin era una india hermosa, la respuesta la podemos tener en el acto de haber sido elegida como "la mejor de las esclavas", ya que Cortés la escogió "para el mejor de sus capitanes". Este hecho, junto con el origen noble de Malintzin, puede acercarnos a deducir que Malinche era distinguida sobre las demás indígenas. Pero por lo pronto sería un premio, como las demás mujeres. Todas ya eran esclavas, así que obedecer no les costó; también eran objeto sexual de sus dueños anteriores (los señores mayas que tenían derecho a su carne por ser su propiedad), ahora lo serían de los extranjeros. Eso era lo único que cambiaba para ellas, *y las barcas enormes en las que zarparían y los caballos y los perros grandes y la ropa de metal, ah ¡y el olor de esos hombres!*

Corrijo: todo era nuevo para ellas, menos ser esclavas.

---

los conquistadores con las hijas de jefes indígenas, o los santos óleos masivos después de las batallas.

Fuera del territorio maya

Hernán Cortés partió de Potonchán. Las "canoas con velas enormes"[42] se alejaron de la costa, la vida en el barco fluyó. Las mujeres echaban tortillas y hacían lo que se les pedía. También hablaban entre ellas y Marina conversó con Jerónimo de Aguilar, el único español que hablaba maya yucateco. Había sido esclavo de los mayas durante ocho años. Entendía a Malintzin y a las demás mujeres. Trató de explicarles lo que estaba sucediendo y de dónde venían, pero el mundo que les describía no podía ser concebido por las indias. No se visualiza lo que no se conoce. Pero Aguilar lo intentó. Les platicó también que había naufragado en las costas del sureste años atrás, que fue tomado prisionero por los mayas y su fe cristiana y su esperanza de ser rescatado lo mantuvieron vivo. Cortés pagó su liberación, sabía lo valiosa que sería su traducción.

Cinco días después de navegar era Domingo de Ramos, día de buenaventura para todos los cristianos: los españoles anclaron en lo que Grijalva llamó San Juan de Ulúa.

En Tenochtitlán, las noticias sobre lo que acontecía en las costas, por más lejos que estuvieran, llegaban a toda velocidad gracias a las fuertes piernas de los tamemes, los mensajeros mexicas. Moctezuma y sus líderes tenían redes de informantes en todo el territorio. Así, para cuando los españoles llegaron a San Juan de Ulúa, las canoas reales de los aztecas ya estaban cerca. No buscaron a nadie más que no fuera el líder. Se dirigieron a la embarcación más grande, preguntaron por el jefe o el señor

---

[42] Para los indígenas las embarcaciones de Cortés eran canoas gigantes, que, sin saber cómo, lograban flotar y se aventuraban al mar abierto (lo que ellos nunca hacían). Magia debió parecer para ellos.

(desconocían el concepto de capitán); comenzaron los saludos y sus mensajes. Cortés llamó a Jerónimo de Aguilar, quería entenderles. El traductor, temeroso, enmudeció. No comprendía esa lengua, le era totalmente ajena. La desesperación de Cortés comenzaba a notarse, la tensión se sentía en todos.

Malintzin dio un paso al frente. Tradujo para Aguilar.

Nadie le pidió ayuda, no lo hizo por los españoles, ni por los mexicas, lo hizo porque entendía la lengua, el problema de Aguilar y la situación. Del náhuatl, tradujo al maya y Jerónimo lo reprodujo al castellano para Cortés.

El capitán miró a la esclava, comprendió enseguida su valor.

Entre los mensajeros y españoles se intercambiaron regalos. Hernán habló de su dios y de su rey, los mexicas de los suyos y su poder. El Gran Tlatoani Moctezuma pedía con claridad su retirada. Cortés simplemente dijo que no. Continuarían avanzando hasta llegar a Tenochtitlán.

Todo el diálogo pasó por la boca de Malintzin.

Apenas se alejaron las canoas de los mexicas, el capitán llamó a Marina, la apartó de los demás, la tomó del brazo y sus promesas quedaron expuestas:[43] "La tomó aparte con Aguilar, y le prometió

---

[43] Cortés era un experto negociador, sabía cuál era su misión y la iba a cumplir costara lo que costara; si el dinero o los bienes escaseaban, las promesas de Cortés jamás. De saliva y espada hizo la conquista: a unos y a otros les iba jurando trofeos, honores y tierras si lo acompañaban, si lo ayudaban. Era brillante comprendiendo qué era valioso para los demás, los leía y después de valorar sus ganancias personales, los conquistaba con promesas. Es verdad que en ese tiempo la palabra tenía valor, y quizá más que los papeles, así que, como pudo, fue cumpliendo su palabra y convirtiendo en papel firmado por la Corona, o quien fuera necesario, eso que había comprometido. Muchas otras de sus palabras quedaron en buenas intenciones y por tanto generó

más que libertad si le trataba verdad entre él y aquellos de su tierra, pues los entendía y él la quería tener por su faraute[44] y secretaria".[45]

Por cortesía, Hernán Cortés preguntó a Marina si lo ayudaría, pero seguramente no hubo ni duda, ni respuesta por parte de ella y sólo asintió. Malintzin era una esclava y sabía que esa pregunta era una orden. De la que se desprenderían privilegios, un nuevo trabajo, pero no libertad.

La esclava cambió de ropas y muy pronto de compañía. Cortés se encargó con artimañas —muy a su estilo— de mandar lejos a Alonso Portocarrero, su "dueño", que ahora estorbaba en los planes de Cortés. No quería que nadie la distrajera.

El detalle de cambiar de ropa parece insignificante o superficial, pero en realidad fue un acto más de inteligencia de Malinche. Ella entendió lo que Cortés le estaba pidiendo. No podía parecer

---

quejas y rencores. A muchos les hizo creer –porque él estaba convencido– que por lo menos aquí, él sería cabeza y soberano.

[44] Es Francisco López de Gómara, cronista de la Nueva España y biógrafo de Cortés, quien describe el momento en que el capitán le ofrece libertad y riquezas a la esclava Marina. La palabra *faraute* significa heraldo, pero también secretario, eran los elegidos para ir delante del capitán, abriendo camino. Por su parte, las demás narraciones sobre el Nuevo Mundo llegaban a la península a través de las famosas *Cartas de relación* que Cortés dirigía al emperador Carlos V. En ellas se refiere a Malintzin como "La letra que me acompaña", solamente una vez la menciona por su nombre. Los créditos del heroísmo apuntaban siempre hacia él, nada más. Sin embargo, la necesidad de traductores para los conquistadores era cuestión de vida o muerte; por algo Cortés esperó muchos días en la costa de Cozumel para dar con el náufrago que había sobrevivido y del que tenía noticias serias. No quería rescatarlo, necesitaba usarlo: así compró la libertad de Jerónimo de Aguilar, al precio que le pidieron (Glantz, 2008: 97).

[45] López de Gómara (2007). López de Gómara es uno de los cronistas importantes de la Conquista y la Nueva España. Igualmente, por encargo de Martín Cortés, escribió la biografía de su padre, don Hernán Cortés; gracias a él tenemos su perfil con detalles muy específicos, aunque nunca vino al Nuevo Mundo.

esclava y ser la voz del Capitán al mismo tiempo, ella sabía las formas de los indígenas y sobre todo el lugar que recibían las chamanas, así como las parteras o las ancianas de las ciudades: eran señoras respetadas y podían llevar la voz y dar consejo. Malintzin comenzó a trabajar inmediatamente después de la propuesta de Cortés: cambiarse el ropaje de esclava era parte del nuevo personaje. Si iba actuar como señora, tenía que parecerlo.

Los españoles dejaron la costa, comenzaron su camino tierra adentro: a pie, cargando cada uno lo suyo; los indios esclavos llevaban todo lo que podían en improvisadas carretillas, sólo los generales de Cortés iban a caballo. Selvas, llanos, montañas... la exuberante naturaleza de estas tierras era obstáculo y asombro para esos hombres fuertes y decididos. Las mujeres iban al paso. Malintzin estaba al frente, a un lado del capitán.

III

Batallas, traiciones y alianzas

Mayo de 1519. El camino se hacía arduo, la esperanza de ser conquistadores los tenía alerta, imaginar las riquezas que serían suyas y el orgullo de servir a la Corona y a su dios mantenían fuertes a los españoles. Aún no estaban exhaustos, ni abatidos. Se sabían amenazados, pero no sabían cuánto. Llegaron a Zempoala, los totonacas los recibieron bien: comida, descanso e información valiosa; Moctezuma era tan rico y poderoso como los mayas chontales les habían dicho, pero además no todos los pueblos vecinos de Tenochtitlán, ni los que estaban conquistados eran sus amigos, por el contrario. Cortés conoció el odio que albergaban contra los aztecas, hartos de abusos y opresión mexica. Esto era oro molido para los oídos del capitán. Su mente brillante trazó el plan de conquista: aliados, miles de indios, con su fiereza y sed de venganza serían tan poderosos como sus espadas, caballos y ambición.

El siguiente territorio por conquistar era el tlaxcalteca. Cortés ya no iba solo con sus soldados y los esclavos conseguidos, se sumaron a sus filas los indios totonacas como guías y refuerzo para las batallas. Malintzin comenzaba a aprender el castellano. Jerónimo le ayudaba. Cortés los observaba. Sabía lo valiosos que eran en ese momento los traductores. Los ánimos eran buenos.

Aztecas y tlaxcaltecas habían sido enemigos desde siempre, el daño que sufrieron en la guerra y el tributo insaciable que tenían que pagar a los hombres de Moctezuma los hicieron crecer en rencor y fuerza. Eran guerreros muy salvajes. Cortés lo sabía. Llegó en son de paz a su territorio. El recibimiento fue frío. Algo no andaba bien. Los pueblos indígenas o estaban listos para la guerra o para recibirlos con regalos y tributos. En Tlaxcala había un desaire. Necesitaban cruzar su territorio para seguir a Tenochtitlán. La tensión subía mientras mensajeros iban y venían entre españoles e indígenas. No llegaban a nada. Los capitanes de Cortés concordaron en proseguir. Los totonacas les aseguraron que no pasaría nada. Estaban equivocados. Los otomíes, aliados de los tlaxcaltecas, los atacaron. Un día entero de batalla y los dos bandos se replegaron. Cortés comenzó su estrategia de ataque nocturno a los poblados. Dieciocho días duraron las batallas. Xicoténcatl, el hijo, dirigía a los tlaxcaltecas. Los españoles se debilitaban. Los indígenas querían negociar. Los españoles desconfiaban, en lugar de aceptar la oferta mutilaron a los mensajeros, les cortaron las manos y enviaron un mensaje: "No pararán las batallas hasta verlos muertos a todos". La estrategia funcionó, los señores tlaxcaltecas se rindieron, inteligentes como eran, sabían que lo mejor era unirse al español. Malintzin fue la figura central de las negociaciones. El impacto que provocó entre los indígenas fue determinante. Desde entonces estaría para ellos al mismo nivel que Cortés, a ella se dirigían para hablar con el capitán, se convirtió en *la señora –casi diosa– que llevaba la voz.*

Fueron días completos de pláticas y negociaciones. Cortés no escatimaba en ofrecerles todo: ayuda, paz y protección. Malintzin traducía. Xicoténcatl I, el padre, se mostraba complacido; el hijo nunca, se resistía una y otra vez, desconfiaba de Cortés.

La última carta estaba echada: el capitán les ofreció línea directa con el rey, les aseguró que el pueblo tlaxcalteca jamás tendría que rendir tributo ni pleitesía a ningún español que no fuera el monarca Carlos I de España o sus sucesores.[46] Malintzin logró explicar esos términos. Los señores tlaxcaltecas quedaron convencidos. Aceptaron.[47]

---

[46] Carlos I de España y V de Alemania era el monarca de todos los reinos de Castilla y Aragón por herencia y del Sacro Imperio Romano Germánico por votación, era el emperador más poderoso que había visto la Europa cristiana.

[47] El pueblo tlaxcalteca fue el primer señorío en negociar más que un intercambio, una relación a largo plazo: no ofrecieron regalos y tributo esperando que los españoles se marcharan y ya, comprendieron antes que nadie que ahora era Hernán Cortés el español que había llegado, pero que vendrían más extranjeros. Su mundo cambiaría y lo conveniente y sabio era formar una alianza poderosa y duradera con ellos, misma que quedó sellada con Cortés en 1519. La Corona española lo ratificó en 1535 y después en 1552, cuando los tlaxcaltecas fueron reconocidos, no solamente por su valentía en la guerra y su lealtad en las batallas, sino por haber abrazado la cruz de Cristo y la nueva religión como ningún otro pueblo indígena. Fueron ellos de la mano de las primeras órdenes de misioneros llegados a la Nueva España, quienes se encargaron de la evangelización de los demás pueblos. Así, los tlaxcaltecas van a ser aliados de los españoles no sólo durante la conquista, sino entrado el virreinato; ellos serán los primeros en convertirse a la fe católica (era parte del acuerdo); después serán cristianos convencidos ayudantes de los frailes que llegaron pasada la Conquista: franciscanos, dominicos, mendicantes se apoyaron en los tlaxcaltecas para evangelizar a los pueblos indígenas; hasta los difíciles huachichiles y chichimecas del centro y norte del país fueron alcanzados por la biblia y la cruz gracias a los tlaxcaltecas.

Xicoténcatl, el hijo guerrero, marchaba ahora con cinco mil tlaxcaltecas junto a Cortés; su hermana dejó de llamarse Tecuel-huetzin —señora noble de linaje dirigente— para ser bautizada María Luisa. Junto con ella, otras hijas nobles de los dirigentes tlaxcaltecas fueron entregadas a los españoles, pero no como esclavas, sino para ser esposas: ellos creían en las alianzas matri-moniales para sellar acuerdos. Malintzin las recibió, ella sería la responsable de instruirlas en las nuevas formas españolas y cal-mar sus angustias indígenas. Ella había pasado por ahí, pero sin esperanza por ser esclava. Los españoles prometieron cuidar a las muchachas, respetar su rango. Casi ninguno cumplió. Las hi-cieron sus mujeres, como Pedro de Alvarado a María Luisa, pero terminada la Conquista aparecieron muchas de las esposas desde España y las promesas se rompieron. Las muchachas que con-fiaron en las decisiones de sus padres, jefes de tribus y *tlatoanis*, pasaron gran parte de su vida buscando la honra que merecían y que sus hijos, ahora mestizos, fueran reconocidos.

Las semillas de una nueva sociedad comenzaron a sembrarse: la idea romántica de esta alianza era una, la realidad iba a ser otra.

Tenochtitlán estaba más cerca, los tlaxcaltecas dominaban los ca-minos, pero faltaba conquistar pueblos como Caplan y Tlamacas en medio de la sierra nevada. El Popocatépetl y el Iztaccíhuatl eran los guardianes naturales de la zona. La vista robaba el aliento de los españoles.

Cholula estaba en su camino, los tlaxcaltecas sugerían no pa-sar por ahí, eran aliados de Moctezuma y las cosas podrían ir mal. Cortés se arriesgó, quería medir al enemigo. El encuentro fue tenso hasta convertirse en masacre. El rumor de una conspi-ración llegó a oídos del capitán. Se dice que fue Malintzin la que lo advirtió, pero quizá fueron los mismos tlaxcaltecas buscando provocar al capitán español y cobrar su venganza contra los cholultecas por abandonar su alianza, hermanándose con Moctezuma. Hernán no meditó, dio la orden y los españoles, unidos a los tlaxcaltecas, atacaron Cholula. Dos días duró la matanza. No se respetaron niños, mujeres, ancianos ni dirigentes nobles. El mensaje de Cortés estaba enviado a todos los mexicas y sus aliados, la paz que ofrecía era condicionada: el capitán que venía en nombre de un "nuevo dios" que no quería sacrificios humanos, estaba dispuesto a matar sin piedad cualquier deslealtad.[48]

No sabemos si las muertes sangrientas movían la templanza de Malintzin, los españoles con su fuerza bruta se mostraban idénticos a los indígenas guerreros que ella conocía, los que cortaban la cabeza de sus esclavos por castigo o sacaban su corazón por ofrenda. Quizá estaba acostumbrada a convivir con la muerte como una constante. Lo que sí quedó atestiguado fue su resistencia y fortaleza física: "Dejemos esto y digamos cómo doña Marina, con ser mujer de la tierra, qué esfuerzo tan varonil tenía, que con oír cada día que nos habían de matar y comer nuestras carnes con ají, y habernos visto cercados en las batallas pasadas, y que todos estábamos heridos y dolientes, jamás vimos flaqueza en ella, sino muy mayor esfuerzo que de mujer [sic]".[49]

---

[48] Escanea el QR número 8, "Una matanza como mensaje y confusión", para adentrarte en las versiones y polémicas sobre los motivos de Hernán Cortés para ordenar la matanza de Cholula.

[49] Díaz del Castillo (1983), capítulo XXXVII.

QR 8 Una matanza como mensaje
y confusión.

IV

La nobleza de una india

M arina se ganó la honra y el respeto de los hombres de Cortés, pero también de cada señor y cacique de los pueblos indígenas que se iban haciendo aliados. Se vestía con huipiles elegantes, bordados y sobrios, se calzaba los pies. Parecía lo que tenía que ser, *una gran señora para ser escuchada.* Su voz necesitaba no solamente tono de mando, sino su vestimenta de autoridad. Ella pidió los atuendos y los sabía portar.

Conforme fue conociendo a los españoles y conviviendo con ellos, se permitía sonreír, usaba los tonos de una compañera de batalla, cómplice y amiga.[50] Pero con los indígenas, jamás. Las formas eran tan importantes como las palabras. Para ellos, que

---

[50] Townsend (2015): 97.

una mujer llevara la palabra o el mando era posible y común, pero para esto debía parecer y actuar como una dama del poder. Así lo fue y quedó asentado tanto en las fuentes españolas que la narran,[51] como en las indígenas que la pintan.

Malintzin dominaba a sus públicos: ya fuera la horda de machos españoles o los señores indios, caciques dignos y otros furiosos. Sabía cuál era su lugar y lo ocupaba. Hay virtudes que se aprenden, pero otras que se traen desde la cuna. A pesar de haber sido esclava cinco años, Malintzin sabía moverse con dignidad entre los nobles mexicas, entendía su compleja retórica y podía hablar el náhuatl de la corte, que era muy diferente al de la gente común. Con su actitud y capacidad nos confirma que sí fue una niña de la nobleza, en su sangre estaban impregnados los protocolos de su estirpe y sobre todo la valentía de poder habitar a una señora noble. Su encuentro con Moctezuma resume la grandeza de su alma.

Desde lo alto de las montañas, Tenochtitlán se extendía ante sus ojos; el valle se levantaba sobre el agua, brillaba, los poblados estaban repartidos en islas y cuencas, otros parecían flotar. La imagen era bellísima y diferente a todo lo que los aventureros españoles habían visto antes. López de Gómara, Bernal Díaz del Castillo y Cortés narraron, cada uno a su estilo, el estupor de lo que vieron.

---

[51] Los primeros narradores de la Conquista de la Nueva España no eran realmente cronistas de oficio, sino soldados que acompañaban a Cortés y tenían la encomienda también de dejar constancia de los hechos que iban sucediendo. Los principales, sin lugar a duda, fueron además de Bernal Díaz del Castillo, López de Gómara, el mismo Cortés con sus *Cartas de relación*, Gonzalo Rodríguez de Ocaño, Andrés de Tapia, y junto con ellos siguieron las cartas y declaraciones de prácticamente todos los conquistadores que quedaron vivos y que testificaron a favor o en contra de Cortés, en los juicios contra él levantados en España en los años que prosiguieron.

Moctezuma no escatimó en tratar de detenerlos antes de que entraran a la ciudad, lo hacía de la manera que él conocía: ofreciendo tributo y regalos, incluso su oferta llegó a ser anual si aceptaban dar la media vuelta. Cortés avanzó. Iztapalapa, incrustado en territorio mexica, fue la última ciudad donde descansaron los extranjeros antes de entrar al corazón de Tenochtitlán. Durmieron en el palacio del *tlatoani* de Iztapalapa, era hermoso, enorme, las rosas adornaban el ambiente en terrazas sembradas que embellecían un jardín posterior.

Amanecía, Cortés estaba listo.

Por la calzada principal que llevaba al centro de Tenochtitlán los españoles caminaban sobrios, dignos, disimulando su admiración por el lugar: calles limpias, allanadas y rectas se elevaban sobre el agua uniendo las ciudades; la belleza y el orden, la arquitectura y la naturaleza, eran dominio azteca. El aviso llegó de la voz de un mensajero. El Gran Tlatoani iba a su encuentro. Cortés sabía la importancia del momento.

Sobre los hombros de Malintzin estaba toda la responsabilidad del entendimiento.

Más de una hora transcurrió antes de que Hernán y sus hombres conocieran a Moctezuma; cada señor azteca se presentó en ceremoniosos rituales, besaba el suelo, tocaba su corazón, ofrecían regalos, discurso y bienvenida. La prisa no tenía cabida en el mundo prehispánico, las ceremonias llevaban el tiempo y el ritmo necesarios. De pronto, los hombres aztecas inclinaron la cabeza, retrocedieron con la mirada en el suelo, despejaron el camino, se hizo un respetuoso silencio: el Gran Tlatoani se acercaba, su séquito lo rodeaba.

El Capitán bajó de su caballo, se quiso acercar a Moctezuma, las lanzas se apuntaron, las espadas se empuñaron. Nadie podía tocar al dirigente azteca. Cortés de inmediato lo comprende, se retracta. Todos se calman. De pie es el encuentro. Los saludos del *tlatoani* son eternos, dice a la inversa lo que en realidad implican sus mensajes: si alaba al extranjero, está describiendo su propia superioridad; si les dice "bienvenidos" significa también que están bajo su dominio. Los españoles se sienten halagados. No comprenden la verdad detrás de esta retórica. Malintzin sí, hace su mejor esfuerzo por traducir y explicar. Entiende todo, habla directo, le falta gracia y práctica para expresarse, pero lo logra. La tensión la mantiene alerta. No falla. Erguida acompaña a los dos jefes. Moctezuma invita a los extranjeros al salón de uno de sus palacios, ambos jefes se sientan en sillas de mando. Malintzin permanece de pie, en medio de los dos.

El discurso completo de Moctezuma aparentemente era para Cortés, pero él sabía que lo estaban escuchando sus súbditos, sus sacerdotes y guerreros. Cada palabra tenía un doble significado con exageraciones y servilismos. Incluso hoy en día los mexicanos seguimos empleando este estilo reverenciado y, a la inversa, decimos "ésta es tu casa", cuando en realidad es la nuestra, o "lo mío es tuyo" cuando no lo es; la pleitesía es parte de nuestro lenguaje con frases como "su seguro servidor", "estoy a sus órdenes", "humildemente le saludo" o "mande usted" como la respuesta común cuando nos llaman. Este tipo de aseveraciones, comunes en nuestra actitud actual, son herencia del estilo noble de retórica de esos tiempos.

Hernán seguía la voz de Marina y de Aguilar. Era concreto en sus respuestas, repetía lo mismo que en todos los demás pueblos: hablaba de Carlos V y de su dios católico, al que no le placen los sacrificios; explicaba que él y sus hombres eran los soldados al servicio de la cruz y del rey; que no buscaban la guerra, sino "conquistar con paz".

Desde un inicio los dos dirigentes debieron haber sabido que eso era prácticamente imposible, pero ambos lo intentaron.

Cuando Malintzin estaba por traducir el discurso del capellán Juan Díaz acerca del significado religioso de su conquista, Moctezuma la interrumpió: levantó la mano de mando, le indicó a la traductora que no hacía falta que hablara, que ya lo sabía. Este discurso-sermón era el mismo en todos los pueblos a los que llegaban los españoles, y Moctezuma, desde 1517 —y más aún, después de que Cortés venció a los mayas en 1519—, se encargó de salpicar con espías todo el territorio; sabía más de los conquistadores y sus formas que ellos mismos. Dos años de estudio profundo de sus enemigos fue motivo e inteligencia para decidir que los españoles serían sus invitados: no fue por miedo, ni por superstición, no los creían dioses, aunque sí enviados de otro poderoso reino. Más bien dominaban de lo que eran capaces: sabían que habían vencido a los aguerridos tlaxcaltecas y destrozado Cholula; Moctezuma era un sabio jefe guerrero, dieciséis años había estado en el poder ininterrumpidamente y sus ancestros gobernaban desde siglos atrás. Él sabía que una guerra contra sus no gratos visitantes en las afueras de la ciudad estaba pérdida y que si los pueblos vecinos todavía soportaban su opresión, era solamente porque les ofrecían a cambio protección y paz. También entendió que "después de estos invasores vendrían otros", sus videntes se lo confirmaron.

La primera estrategia del Gran Tlatoani fue volverse aliados firmes y duraderos, acordar con Cortés el tributo y servicio para su rey, pero sin perder el poder sobre su reino. Lo segundo, tener a los enemigos cerca, continuar estudiando sus pasos, fortalezas y carencias, y de ser necesario, atacar.

Moctezuma no pensó en ceder frente a Cortés en ningún momento. Pero las guerras normalmente tienen vida propia. Ese día, el 8 de noviembre de 1519, ocurrió el encuentro que cambiaría ambos mundos, lo sellaron las palabras que salieron de la boca de Malinche.

De entre todos los regalos intercambiados dos fueron simbólicamente importantes: Moctezuma mandó llamar a un sirviente, tenía preparado para el capitán un hermoso collar de conchas rojas y pendientes de oro con forma de camarón. Si Cortés hubiera comprendido el valor de lo que le daban, más simbólico, que económico, se hubiera quitado la cruz que llevaba al cuello. Moctezuma hubiera comprendido el mensaje. En cambio le dio al jefe azteca un collar de perlas y otro de cristal cortado, bellos, pero el Gran Tlatoani, después de agradecerle, se los dio al mismo sirviente.

Los españoles se alojaron en el palacio de Axayácatl, el que fuera del padre de Moctezuma. Malintzin durmió en los aposentos más hermosos que había conocido, llegaron sirvientes y esclavas a su servicio. No había pasado ni un año desde que ella era una de esas jóvenes invisibles y sin un futuro más allá que el trabajo y la obediencia. Era su responsabilidad ahora organizar la casa de los españoles, indicarles a los indígenas qué hacer, recibir la comida, contabilizar los obsequios y ofrendas, pedir que se trajeran los suministros que hicieran falta y al mismo tiempo estar presente con Cortés en todo momento que la necesitara. Es muy probable que para este tiempo Malintzin ya fuera su amante, que durmieran juntos y tuvieran sexo. Todo son supuestos, de esto no hay fuentes ni escritos, pero Marina tendrá un hijo de Cortés pasados unos años, en 1524, llamado además como su abuelo, Martín. Eso sí es un hecho comprobado, así que las deducciones parecen lógicas, además de que su relación había evolucionado, pues compartían una misión en común, estaban juntos todo el tiempo, es claro que se necesitaban y se admiraban. Aunque es bien sabido que Hernán Cortés era un hombre de mente brillante y pasión en la carne, así que tuvo cuantas mujeres quiso. Malintzin, por su parte, al igual que todas las indígenas, tenía una relación con su sexualidad distinta al moralismo castellano, conocían el poder de la unión de los cuerpos, lo disfrutaban. Si Cortés quería tomarla, ella no diría que no, pero quizá fue ella la que quiso hacer suyo a Cortés, y éste tampoco se negó. Pero jamás pensó en tenerla por esposa. Antes que todo, Hernán era un frío estratega, y no sólo estaba casado por la Iglesia católica con Catalina Xuárez (lo que según su fe no le permitía tener otra mujer), pero más que eso, si él se casaba con alguien más sería para cerrar alianzas, fortuna y poder. Eso eran los matrimonios en ese tiempo para españoles y también para los nobles indígenas: acuerdos por conveniencia, como sucedió con las hijas de Moctezuma.[52]

---

[52] Moctezuma permitió que por lo menos tres de sus hijas establecieran relaciones con los españoles. En su mente estratega estaban todas las opciones para cerrar alianzas, ya que era costumbre azteca casar a las hijas con los señores de otros reinos, esto debido a que el heredero a Gran Tlatoani no necesariamente sería uno de sus hijos varones, sino más bien el hombre casado con la más valiosa de sus hijas. Ésta era Tecuichpotzin, que literalmente significa "hija de señor". La hija principal de Moctezuma era una joya, Malintzin comprendió lo que el Gran Tlatoani estaba haciendo. Quizá fue su explicación al capitán, que la bautizaron como Isabel, el mismo nombre de su reina (Díaz del Castillo, 1983: 207).

Con una obediencia absoluta, las hijas de Moctezuma, acompañadas de sirvientas y esclavas, se debieron de presentar frente a Malintzin como señora de la casa. Lo que sucedió después, nadie lo podía vislumbrar. Podemos imaginar que debe de haber sido muy difícil para ellas convivir con los burdos españoles, sin protocolo indígena, ya que a la primera oportunidad huyeron. (Los mejores estudios para consultar más sobre Tecuichpotzin y el linaje de Moctezuma están en las obras de Donald Chipman "Isabel Moctezuma:

Los españoles amanecieron en Tenochtitlán, habían llegado a su primera meta. Bajo una tensa calma, se alistaron. Sin dejar las espadas un solo momento se familiarizaron con la ciudad, cada barrio les provocaba más asombro: el mercado en Tlatelolco no tenía igual, vendía animales vivos o muertos, pescados frescos y salados, huevos de todo tipo, frutas, verduras, legumbres, semillas; petates, adornos, utensilios y hasta bebidas embriagantes y otras que según los indios daban vigor y energía. Era cierto.

Los tenochcas trataban a los extranjeros con distancia y reserva, la discreción y desconfianza eran mutuas.

Cortés fue llamado como invitado hasta el templo principal. Malintzin bajó la cabeza y dio un paso atrás. Las mujeres no entraban a ese espacio, si lo hacían era para morir sacrificadas. Cortés subió las escalinatas, las paredes que cubrían el altar estarían bañadas de sangre, el cabello de los sacerdotes apelmazado y la mirada poseída: tenían el poder y la obligación de matar. El olor era a muerte y a copal. Los rituales aztecas, sus formas y crueldad contrastaban con la grandeza, pulcritud y orden de Tenochtitlán. De la sorpresa al asco deben de haber migrado las emociones de Cortés: ¡prohibió tajante los sacrificios humanos! Pero él no estaba en posición de exigir nada, no era suyo el poder. Su petición era una ofensa para el *tlatoani*.

Cortés mintió y sus biógrafos no tocaron el tema: aseguró en sus cartas al rey que había tomado prisionero a Moctezuma y que el control de la ciudad era suyo. Desde tan lejos, ¿quién podría comprobar lo contrario?, y a ninguno de sus hombres les convenía sembrar dudas. Pero los españoles no eran más que

pioneer of Mestizaje" y *Moctezuma's Children: Aztec Royalty under Spanish Rule, 1520-1700.*)

"distinguidos y forzados invitados" para los mexicas. Extranjeros en su territorio, que dependían de su voluntad y suministros. Su Gran Tlatoani no le pertenecía a nadie, cazaba libremente por su territorio, lo mismo que gobernaba y estaba a cargo de sus invitados —más por estrategia que por buena atención—.

Los días transcurrieron en Tenochtitlán, y se convirtieron en meses. Malintzin pedía los suministros, se contaban los tesoros y se ideó una forma de fundir el oro en lingotes para su fácil transportación. Eran del rey. Cortés pidió a Moctezuma si podía compartir con él a sus dibujantes de mapas, que dominaban el reino azteca y sus territorios. A su servicio, el capitán se hacía de información valiosa, los puertos, rutas y accesos eran vitales para los conquistadores. Así descubrió que el río Coatzacoalcos era su mejor opción de navegación tierra adentro, por su anchura y profundidad. Si Malintzin estaba cerca cuando se descubrió esta información, seguramente tuvo recuerdos de su vida pasada, no sabemos si amargos o alegres. La intención de regresar, la tenía.

V

LA CAÍDA DE CORTÉS
ANTES QUE LA DEL IMPERIO

Hernán Cortés tenía más problemas con los españoles que con los propios indígenas: celos, envidias, hambre de riqueza y poder habitaban la sangre de sus compatriotas, igual que en él, que cumplía con la Corte no por obediencia, sino por inteligencia y bajo su voluntad. Se vendía muy bien ante el rey, se protegía con pleitesías de los nobles, pero en el camino de sus conquistas iba sembrando enemigos. Su paso y estrategia pendían de alfileres pinchados con promesas que ni él mismo sabía si podría cumplir, pero lo creía. Era un personaje que no mostraba dudas, porque no las tenía. Su mirada y fuerza estaban en sus objetivos, convencía a quien fuera necesario, en el camino se le mezclaban el honor y la fe con la ambición y el orgullo. Era tanto lo que quería abarcar y tan grande el territorio del antiguo México, que siempre había un fuego que apagar, un cacique alterado o un español ambicioso al cual someter. Malintzin estaba día y noche a su lado, fue su voz y luego sus ojos, se convirtió en sus oídos, en sus pasos, era compañera y también su consejo sabio. No se quedaba callada ni con él, ni con los indígenas. Usando la voz y la inteligencia extendía sus brazos para convertirse en puente, su persona quedaba al centro de las dos fuerzas, tensa y atenta; las cosas no fueron nada fáciles.

Habían llegado noticias de la costa, Moctezuma se las hizo saber a Cortés: "casi ochocientos hombres españoles estaban desembarcando en la recién fundada Villa Rica de la Vera Cruz,[53] venían en trece navíos bien dotados de armas y víveres". Hernán comprendió la seriedad, esa cantidad de soldados y las formas correspondían a Pánfilo de Narváez, mano derecha de Diego Velázquez, gobernador de Cuba y su enemigo, el cual no se detendría hasta apresarlo.[54]

Moctezuma, con sus consejeros, observaba los movimientos de los españoles, era un momento sumamente vulnerable para su huésped, ideal para atacar, pero Cortés se adelantó, aprendió al Gran Tlatoani acusándolo de intrigar contra él en Veracruz. No era verdad, pero no importaba. Con nuevos españoles en el territorio no podía poner en tela de juicio el control que presumía en la zona.

---

[53] Esta villa se convertirá en Veracruz, por lo que su nombre se usa indistinto en el texto.

[54] Sobre Diego Velázquez te cuento en el QR número 9. Odiaba al capitán y salpicaba de virulentas descripciones sus cartas enviadas al rey. Ambos, Cortés y Velázquez, querían gobernar en el nuevo territorio y se encargaron de armar astutas estrategias y batallas para conseguirlo.

La campaña de Hernán para frenar a los españoles sería un éxito, hábilmente compró a los mensajeros de Velázquez y Narváez con obsequios, buen trato y bastante vino. Se aseguró que su poder y beneficios llegaran a oídos de todos los soldados del bando opuesto. El rumor corrió. Los hizo dudar de sus lealtades. A finales de mayo de 1520 atacó por sorpresa y de noche el campamento español de Narvaez cerca de Veracruz. La batalla duró poco, la resistencia fue casi nula. ¿Para qué pelear contra el capitán Cortés que podía darles tanto? Se rindieron y se le unieron. Así quitó de en medio a Pánfilo de Narváez y a Diego Velázquez. Pero el festejo duró poco, en menos de doce días Tenochtitlán reventó en furia: Pedro de Alvarado se había quedado al mando mientras Cortés frenaba el ataque en Veracruz. Malintzin que lo acompañaría a la costa le pidió que no lo hiciera, Alvarado era el más experimentado de sus generales, pero también el más burdo y colérico. El capitán no le hizo caso, esta decisión le costaría muy caro. La noticia llegó cuando estaban en Cempoala: los españoles estaban sitiados, el palacio que había sido su posada de lujo era ahora su fortaleza; los tenochcas atacaban día y noche, urgían por ayuda.

La tensión se sintió todo el camino, sabían que eran presa fácil a la mitad del campo. Sin embargo, ahora eran muchos más los españoles con los nuevos soldados. Avanzaban. Nadie los detuvo, no los atacaron, pero tampoco hubo bienvenidas, ni recepciones… la trampa estaba tendida. Los aztecas querían a todos los españoles dentro de sus dominios, más aún al capitán, que iluso pensaba que Moctezuma, ahora su rehén, era la moneda de cambio con los mexicas. No terminaba de entender su código. Aunque fuera el Gran Tlatoani, perdía su poder frente a los suyos al estar encerrado en Palacio de Axayácatl presa de los extranjeros.

Lo que pasó en los días previos fue una bajeza que quedó sembrada en la memoria de generaciones de tenochcas. Durante la fiesta de Tóxcatl, Pedro de Alvarado orquestó una matanza. Era el día sagrado de los guerreros aztecas, bailaban día y noche frente a Huitzilopochtli, su dios de la guerra. No estaban armados. Había niños, mujeres y ancianos en la plaza. Alvarado no soportó la tensión que sentía desde semanas atrás, sabía que los mexicas ya no estaban contentos con su presencia. Eso era verdad. Habían cortado los suministros a los españoles, los vigilaban día y noche, y mataron a la mujer que por gusto les servía en el palacio. Pedro, nervioso, secuestró y torturó a tres nobles mexicas. Quería saber qué tramaban. No contaba con Malintzin como traductora, ya que había acompañado a Hernán Cortés a Veracruz. En su ausencia, su traductor era un inexperto niño nahua que apenas hablaba algunas palabras de español. Asustado por la agresión y nerviosismo de Alvarado, terminó inventando la conspiración que el general quería escuchar, diciendo que los aztecas sí atacarían a los españoles durante la fiesta mayor de su dios de la guerra. Así, cuando la fecha llegó y los tambores de ceremonia comenzaron a sonar, junto con el eco de los cantos que se escuchaban en toda la ciudad, los españoles atacaron a los aztecas. Pocos escaparon esa tarde. Reventó la semilla del odio crecido, la fuerza de la venganza se apoderó de los guerreros aztecas que quedaron vivos y llegaron muchos más a ayudarlos.

Hernán Cortés entró al palacio de Axayácatl, con muchos hombres y provisiones. Pero todos sabían que no serían suficientes. Los aztecas eran guerreros despiadados, pero antes hábiles estrategas: habían destruido las salidas de la ciudad, cavando con más profundidad los canales y tirando los puentes. Los españoles tenían una sola salida antes de morir de hambre o ser mortalmente atacados: escapar. Hernán, desesperado, quiso utilizar a Moctezuma para calmar a la gente, pero los mexicas lo apedrearon, había perdido el respeto de los suyos; a los pocos días, junto a Cortés y escuchando la voz de Malintzin, murió. En sus últimas palabras, le pidió al capitán que cuidara su linaje y que fuera un hombre honorable.[55]

La situación era desesperada. Malintzin gritaba acuerdos de paz desde el palacio, pero no tenía eco con los jóvenes guerreros mexicas que querían venganza. Habló por su propia decisión con uno de los señores de Texcoco, hermano del *tlatoani* de ese *altépetl*. Le pidió que abogara por la paz, éste lo hizo y, después de escucharlo, su propio hermano lo mandó matar.

En el taller improvisado para fundir el oro, los españoles trabajaban sin descanso, día y noche deshacían joyas y formaban pepitas y lingotes, había que salvar el quinto del rey: el tesoro que Cortés le prometió, mismo regalo que le daría el favor de gobernar. La noche del 30 de junio llovía. Un plan atropellado era la solución desesperada para escapar de Tenochtitlán vivos: abrieron los portones del palacio, salieron todos juntos, en silencio, cargaban vigas que servirían de puentes; Cortés mandó a más de treinta de sus hombres para escoltar a Malintzin y a doña Luisa Xicoténcatl,[56] así como a una guardia especial de tlaxcaltecas; él

---

[55] Las fuentes españolas e indígenas no coinciden sobre los motivos finales de la muerte de Moctezuma. Para los indígenas, lo mataron los españoles; para los conquistadores fueron los propios mexicas. Como quiera que haya sido, Hernán Cortés sí obligó al Gran Tlatoani a salir al balcón del palacio y los mexicas sí lo apedrearon. Una cosa llevó a otra, su vida ya estaba entregada desde el momento en que los españoles lo tomaron como rehén.

[56] Como se mencionó con anterioridad, María Luisa era la hija principal de Xicoténcatl I, señor de Tlaxcala, que fue entregada a los españoles para buscar una alianza, y luego desposada con Pedro de Alvarado bajo la orden de Cortés. Ella comprendía muy bien que si los tlaxcaltecas no apoyaban a los españoles, éstos morirían, pero pronto otros vendrían en su lugar.

sabía lo que valían esas dos mujeres: una era su entendimiento, la otra un refugio garantizado en Tlaxcala.

Todo lo que podía salir mal para los españoles sucedió. Los descubrieron, el grito de guerra se dio, los aztecas eran muchos más y dominaban el oscuro territorio. Los puentes hechizos de madera improvisados por los españoles no resistieron el peso, los guerreros mexicas llegaban hábilmente en cientos de canoas: lanzas, flechas y a punta de cuchillos de obsidiana atacaron. Más de la mitad de los hombres de Cortés murieron esa noche. El oro se hundió en los canales, al igual que sus ambiciones. Las pérdidas para Cortés eran inauditas, más de seiscientos de sus hombres, muchos ahogados, junto con sus caballos, todos los soldados de Narváez que iban en la retaguardia y un número no identificado de indígenas aliados junto como las mujeres nobles entregadas en alianza que con sus hermosos atuendos flotaban en las fétidas aguas de los canales aztecas.[57] Por mucho tiempo se pensó también que habían muerto todos los hijos de Moctezuma, pero después se supo que sólo fue una de sus hijas y un hijo varón. Los demás escaparon, incluida la valiosa Tecuichpotzin (Isabel Moctezuma), a quien pasada la guerra y levantados los altares de los templos, la casaron rápidamente con el feje guerrero Cuitláhuac, así quedaba garantizado el linaje real.

---

[57] De los 80 caballos de los conquistadores, 53 murieron por cuchillo azteca. A sabiendas de que solamente quedaban desprotegidos en la unión de la pechera, los guerreros desde el agua brincaban para acabar con una de las armas más poderosas de los españoles.

El mito del ahuehuete en la calzada de Tacuba, testigo de las lágrimas de un Hernán Cortés vencido, ha acompañado la narración de la llamada Noche Triste para los españoles y la Noche de la Victoria para los aztecas.

Al amanecer, con los templos de Tenochtitlán a sus espaldas y el dolor en el cuerpo, se buscaron unos a otros. Bernal Díaz del Castillo dejó como testigos de esa noche sus letras cargadas de culpa por los que no salvaron y de paz cuando alcanzó a mirar que Marina y doña Luisa estaban vivas. Sí, Malintzin se salvó. Muchos de los conquistadores dejarían asentada su admiración en elogios para su compañera de batalla, la alababan por su valentía de esa noche y muchas otras, por su ejemplo de fortaleza y la calma que transmitía.[58]

Los tlaxcaltecas sí los recibieron para sanar, pero los acuerdos de la alianza estaban maltrechos. Cortés tendría que renegociar, recuperar su fuerza física, pero más importante aún, su imagen y credibilidad, tanto para los suyos como para los indígenas. Preparar su contraataque casi le llevaría un año. Tenochtitlán iba a desaparecer bajo las nuevas construcciones cristianas de los castellanos, pero esa noche y varias que le siguieron fueron para los aztecas de festejo, de tambores y cantos: rituales ofrecidos a sus dioses en agradecimiento y el orgullo mexica creció. Sin embargo, algo más poderoso que la guerra mermaría en pocas semanas a los tenochcas, no eran inmunes a la viruela,[59] un arma biológica que los españoles ni siquiera sabían

---

[58] "Méritos y servicios, Marina, 1542", Gonzalo Rodríguez de Ocaño, fol. 19v, Antón Bravo, fol. 33; Diego Hernández, fol. 38; citados en Townsend (2015): 157.

[59] En las grandes embarcaciones españolas los patógenos de virus y bacterias viajaban sin control alguno. En el viejo continente, los hombres y las mujeres

que habían traído desde sus tierras. Uno tras otro los indígenas morían en sus petates, lo mismo jefes guerreros, que sacerdotes, artesanos o esclavos, hombres y mujeres, miles de niños e incluso Cuitláhuac, el nuevo *tlatoani*, que había vencido a los invasores, cayó enfermo y murió. Tecuichpotzin, la fuerte hija de Moctezuma que los españoles llamaron Isabel, sobrevivió ahora a la enfermedad. De ella y de quien fuera elegido como su nuevo esposo dependería la descendencia real.

Las enfermedades hechas plaga han sido a lo largo de la historia una vuelta de tuerca en el guion de los pueblos; nunca un territorio azotado por una de éstas vuelve a ser igual.

Cortés perdió dos dedos de la mano izquierda durante la huida de Tenochtitlán, y como él sus soldados estaban mutilados después de la batalla y exhaustos. Los tlaxcaltecas los habían recibido, pero no estaban convencidos de continuar su alianza. Veintiún días tuvo que hablar Malintzin con los señores tlaxcaltecas: traducirlos, negociar. Su camino era de dos vías: eran recios y no sabían si perdonar la vida de los españoles o de los aztecas. Tecuelhuetzin, ahora María Luisa, la esposa de Alvarado, ayudó a la decisión cuando les aseguró a los dirigentes de su pueblo que vendrían más extranjeros después de Hernán Cortés. Los jefes tlaxcaltecas lo decidieron entonces, atacarían de nuevo

---

habían desarrollado defensas y cierta inmunidad, pero las cepas absolutamente nuevas en este territorio eran letales. En el caso de la viruela, por 10 días, el individuo infectado no desarrollaba ningún síntoma, pero ya contagiaba. Una vez comenzada la fiebre, la muerte era inminente, acompañada de dolores de cuerpo terribles. Eran tantas las víctimas en Tenochtitlán, que no había quien recolectara comida o enterrara a los muertos, los cadáveres podridos quedaban en las casas y calles. Más de 60 días duró la devastadora enfermedad, y después, tal como narra el Códice Florentino, un día se fue.

Tenochtitlán y con esto garantizar que jamás volvieran a pagar tributo a nadie que no fuera el rey de los españoles. Muchas promesas se las llevó el tiempo.

QR 9 Diego Velázquez y Pánfilo de Narváez
contra Cortés.

VI

EL REGRESO Y LA DERROTA

La campaña de Hernán Cortés comenzó tan pronto como pudo subir a su caballo. Su estrategia fue ganar respeto por miedo; no se cansó de atacar pueblos pequeños por las noches, causar terror; secuestraban hombres, los tatuaban en la cara para venderlos como esclavos; quemaban poblados. Que nadie pensara que estaba vencido. Uno a uno los jefes de esos territorios mandaban emisarios, querían paz, se unirían a los españoles. Casi un año tomaría a Cortés tener lista su estrategia. Si tuvo dudas o miedo, nunca lo mostró. En eso se parecía a Malintzin.

Más ayuda llegó en barco, fue definitiva: siete navíos desde España, uno lo mandaba el propio padre de Cortés; todos estaban llenos hasta el tope, traían armamento, herramientas, cientos de hombres y fuerzas renovadas. Con los indígenas de su lado y los nuevos españoles, el ejército de Cortés era inmenso.

Llegó la hora: el 28 de abril de 1521 avanzaron a Tenochtitlán, todo el camino estaba sembrado de pueblos aliados. En la vanguardia iban los indígenas cargando las piezas de los barcos desarmados, carpinteros españoles y hábiles tlaxcaltecas los dejarían listos a la orilla del lago. Cortés se prometió no ver ahogadas sus ambiciones nunca más, las embarcaciones eran fundamentales. Los ataques serían certeros: primero un cañonazo, muros y edificios caían completos, los escombros y más arena se convertían en relleno, los indios aliados corrían para aplanar el terreno a toda velocidad. Las ciudades se vaciaban tan rápido como los hombres subían a sus mujeres y niños en las canoas. Los guerreros aztecas respondían con flechas, los españoles cubrían a los suyos disparando fusiles y ballestas; entonces se preparaban los caballos, con el camino allanado los soldados entraban con fuerza a las ciudades, la batalla que seguía duraba días. La primera ciudad en caer fue Zoquipan.

Malintzin y Jerónimo de Aguilar gritaban a la distancia, por órdenes de Cortés, algunos intentos de tregua y acuerdos de paz. Los dos traductores siempre lo acompañaban en las primeras filas. Pero los intereses eran irreconciliables: los que atacaban querían la ciudad completa, los que defendían, que los invasores se fueran de vuelta a sus tierras. Entonces, la batalla comenzaba de nuevo.[60]

---

[60] Una de las fuentes más valiosas que narra los hechos con mayor detalle de esta batalla y el mundo indígena prehispánico es el Códice Florentino, escrito por el incansable Bernardino de Sahagún junto con los indígenas conversos y letrados que fueron sus alumnos y ayudantes, mismos que con todo respeto invitaron a los ancianos mexicas que habían sido testigos de ese tiempo, para que les compartieran la historia de esos días. Los detalles de lo narrado por ellos, así como la polémica provocada por la obra de Sahagún y el valor de su legado te lo cuento en el QR número 10: "El tesoro de Bernardino de Sahagún".

Con toda la tecnología de guerra al servicio de los españoles, así como el orden y sistema con que atacaban, es sorprendente lo que resistieron los mexicas: venían de la epidemia de viruela, tenían semanas sitiados, la comida y el agua escaseaban. Las fuentes sobre el tiempo que duró el sitio y la guerra de Tenochtitlán varían, algunas narran que fueron setenta y cinco días, otras coinciden en más de noventa. Los guerreros más temibles de ese mundo no estaban dispuestos a perder ni a rendirse. Primero darían la vida. Así lo hicieron.

El 13 de agosto de 1521 los españoles dijeron que capturaron al último Gran Tlatoani, pero en realidad Cuauhtémoc los estaba esperando: su canoa quieta, no avanzaba más; él podía haberse salvado, pero sus hombres habían caído, el jefe azteca jamás huiría: los recibió de pie y pidió por Malinche. Haría sus últimas peticiones antes de entregar Tenochtitlán, ninguna era ridícula, todas nobles, como él: protección para su esposa,[61] respeto para las mujeres de su casa y dejar salir sin atacar a los habitantes hambrientos de su pueblo, casi puras mujeres con niños cargados en sus lomos, algunos ancianos, muy pocos hombres; no había bebés, todos habían muerto. Hernán Cortés concedió al *tlatoani* todo lo que pidió.

Las calzadas se llenaron de indígenas buscando la luz del sol y comida; llovía: el cielo era el espejo de su corazón. Treinta años después esos niños ya eran ancianos y fueron invitados a la escuela de Tlatelolco por el fraile Bernardino de Sahagún y sus estudiantes (indios letrados y herederos de ese linaje, pero que no

---

[61] La esposa de Cuauhtémoc ya era Tecuichpotzin Isabel, la hija de Moctezuma; quien quedó de nuevo en manos de Cortés.

habían vivido los hechos). En silencio y con respeto los escucharon. Cuando llegaron al final de la historia, quizá recordaron las palabras del propio Bernal Díaz del Castillo, que entre las líneas de su narración sobre ese día asumió la terrible destrucción española: "... *ahora todo está por el suelo, perdido*".[62]

Un imperio había caído con grandeza.[63]

Al triunfo le siguió el caos. El futuro nuevo de esta tierra no se alcanzaba a ver y menos a comprender.

No había tiempo para festejos, y quizá tampoco ánimos: muchas habían sido las muertes de ambos bandos desde que la Conquista comenzó en 1519, pero ese día, el 13 de agosto de 1521, los nobles y jefes guerreros aztecas, junto con los más altos sacerdotes, recibían instrucciones de la voz de una mujer indígena que había sido esclava. Esa imagen lo dice todo.

Los españoles no se asentaron de inmediato en el centro de la ciudad, no estaba listo a la manera castellana. Dividieron los predios, planearon y después comenzaron a levantar las nuevas casas al estilo español donde habían estado las mexicas, cambiando una armonía por un estilo, ídolos por cruces, altares de sacrificio por templetes para dar la comunión. Sus primeras colonias las construyeron en Coyoacán, lo que fuera el vergel y lujo de los aztecas. Para los extranjeros era una tierra de paso, aunque buena,

---

[62] Díaz del Castillo (1983): 159, en Townsend (2015).

[63] La palabra más repetida durante estas entrevistas con Sagahun fue *tepoztli*, que significa hierro. Un nuevo espíritu conquistó Tenochtitlán, le aseguraban los ancianos. Todo estaba hecho con éste: las puntas de las flechas españolas, sus lanzas, cañones, espadas, cascos y yelmos, estribos, clavos, martillos y cinceles. Este nuevo espíritu era más poderoso que la viruela o los aliados. La tecnología de guerra dominada por los españoles y sus cientos de años manejando el hierro fueron la ventaja definitiva durante la Conquista.

mientras el centro se convertía en habitable, con las formas que ellos soñaban. Ahí levantó Hernán Cortés su primera vivienda con varias habitaciones y capillas. La compartió por un tiempo con Malinche, después ella tendría su propia casa.

QR 10 El tesoro de Bernardino de Sahagún.

VII

La mujer después de la esclava

Era la noche de Todos los Santos de 1522. Marina respondió al llamado de auxilio que recibió desde la casa de Hernán Cortés. Era de madrugada. Ella seguía siendo su traductora y mano derecha. Catalina Xuárez, la esposa del capitán, estaba muerta. Apenas habían pasado cuatro meses desde que la señora de Cortés había llegado de Cuba exigiendo sus pertenencias: marido, propiedades, bienes y sirvientes... "sus indios". Así se refirió esa noche —antes de morir— a los indígenas de la Nueva España, y por ese comentario Cortés arremetió contra ella: "¿Vuestros indios, señora?", con sarcasmo se carcajeó de su mujer. Siguió bebiendo, ignorándola y riendo con sus invitados. Catalina se levantó, la indignación la llevaba en las quijadas y la furia en la mirada. Se encaminó a su cuarto. Después, amaneció muerta.

Catalina Xuárez era hija de Diego Xuárez Pacheco, hidalgo sin títulos de nobleza, pero casado con doña María Marcaida, señora vasca que sí descendía de nobles. Según se dice, Catalina no quería casarse con Hernán Cortés, que en ese momento vivía en Cuba, y siendo muy joven no pintaba ser ninguna figura importante. Pero su padre fue quien la obligó para salvar su honor y asegurarle un futuro.

Hernán sabía que la familia Xuárez tenía una relación íntima con el gobernador Diego Velázquez, al grado de que su hijo mayor, Juan, ya administraba una buena encomienda. Cortés decidió pretender a Catalina, quería "sus favores", como los de muchas otras jóvenes; ella lo ignoraba, hasta que Hernán logró seducirla con la promesa de casarse con ella. Consiguió lo que quería, pero después se resistió al matrimonio. En aquel tiempo, tanto en las colonias españolas, como en el reino, el honor de las jóvenes era salvaguardado como el mayor de los tesoros de las familias, y cuando un joven pretendía o conquistaba a una de las hijas, con o sin obtener sus favores en la cama, era reclamado ante la ley por los padres para que cumpliera su palabra y proteger así la honra de la familia y de la joven en cuestión. Normalmente así sucedía, y una vez llevada ante la autoridad la petición, quedaba al descubierto que la hija podía perder "lo único que tenía", su honra, entredicho también que quizá ya había intimado con el pretendiente, y a éste se le obligaba a cumplir con su palabra. Ellas, pensando que esto las llevaría a la felicidad del matrimonio, quedaban casadas, pero rara vez bien amadas. Estas costumbres dejan ver cómo la mujer, sin importar que fuera adulta, era considerada débil, ingenua y hasta tonta, ya que se anulaba su participación en la conquista con el joven, poniéndolos a ellos como abusivos y a ellas como "engañables". Por lo tanto, ellos superiores y ellas necesitadas. También deja claro que a lo largo de toda la Edad Media y las épocas posteriores, las mujeres sólo valían si estaban casadas, y en mayor o menor grado dependiendo de con quién lo hicieran.

Cuando Malinche llegó esa noche a la casa de Cortés no había nada que hacer. Miraría al capitán en silencio y nada más, como en muchos otros episodios de su descontrol. A veces dice más quien calla. Sólo confirmó lo que ya sabía, Hernán Cortés, como hombre, no era un puerto seguro para ella.[64]

El capitán se apresuró a enterrar a su mujer, ni siquiera esperó a sus padres. Las sirvientas ya hablaban del maltrato que vivía Catalina desde su llegada. A Cortés no le cayó nada en gracia hacer un alto obligado para atender a su esposa cuando él se sentía todopoderoso, sobre todo tener que guardar las apariencias de su vida polígama (por demás inmoral para la Iglesia católica y por tanto para Catalina). La versión oficial de la muerte de su mujer corrió a cargo, por supuesto, del mismo Cortés, el cual aseguró que murió repentinamente por una antigua enfermedad del corazón. Pero los testigos de esa noche pudieron ver los moretones en el cuello de la infértil Catalina.[65]

---

[64] Hombre de luces y sombras: Hernán brillante y capitán intempestivo, alma de muchos pecados, estratega incansable y valiente hasta el final. Inteligente y astuto, entregado a Dios, al rey y al poder por igual; carnal y religioso; arrebatado y de instintos contrastantes. Lo alcanzaría tarde o temprano su humanidad, más de 12 demandas en su contra y un juicio que terminaron con su sueño de gobernar la Nueva España. Quedará para la historia juzgar si la vida lo trató con justicia y España y sus hombres, con injusticia. Este periodo de la vida de Cortés lo puedes escuchar en el QR número 11: "Brillos y sombras de un capitán".

[65] Townsend (2015): 196-198.

Malintzin, sin problema, podía haber compartido residencia y marido con la mujer de Cortés. Venía de un mundo donde las esposas eran muchas y el convivio natural. Pero, para cuando Catalina Xuárez llegó, en julio de 1522, Marina ya tenía su propia casa, cerca de la del capitán —siempre cerca—, como él hacía con todos sus intereses. A la que fuera su guía y traductora le había pagado parte de sus servicios con una casa en Coyoacán y dos encomiendas: Tepexi y Otlazpa. Ella era prudente con lo que recibía, hizo de sus tributos negocio, compraba y vendía mercancía a manera de trueque; ahorraba y administraba sabiamente. Tenía que forjarse un futuro. Ella sólo se tenía a sí misma. Siempre fue así, desde que su voluntad quedó vendida a los mayas y después entregada a los españoles no tenía más que su persona para sobrevivir. Su talento con las lenguas ni siquiera se vislumbraba en ese momento como algo valioso. Las circunstancias y su carácter se volvieron su pase de salvación. Ahora tenía sirvientes y esclavos, mujeres indígenas y después españolas a su servicio. Sabía moverse con dignidad y autoridad en los dos mundos que se estaban tejiendo. Ella habitaba ambos. Jamás se quitó los huipiles, ni el ropaje indígena; las joyas que valoraban los españoles para ella no tenían sentido, usaba plumas y caracolas, quizá alguna cruz, cuando se entendió cristiana o le era conveniente, pero sus adornos y pulcritud eran indígenas, al igual que su corazón.

Con Malintzin se crio un jovencito huérfano, de origen noble, probablemente tlaxcalteca. El niño estaba solo después de las batallas, perdió su casa y a sus padres, su mundo cambió, como el de ella cuando la vendieron. Lo acogió, no lo hizo su esclavo, tampoco podía ser su hijo y en ese tiempo el concepto de adopción no era como el moderno, legal y establecido: a los niños como él se les llamaba *criados*, porque como una *cría del rebaño* recibían cuidados, comida, vivienda y también educación, aprendían el comportamiento social como parte de la familia. Malintzin lo bautizó Diego, su apellido indígena era Atempanécatl, y llegó a ser por su propio comportamiento y linaje don Diego Atempanécatl,[66] lo que confirma que era de origen noble, pero aún más lo fueron sus palabras cuando muchos años después se refirió a Malinche como la mujer buena que lo cuidó de manera honorable: "[yo] era criado de la doña Marina, estaba siempre con ella y vi que andaba muy honesta, en hábito de india y según la usanza de su tierra, fue muy recogida y es muy público y notorio entre todas las personas que la conocieron como mujer buena, que no ha deshonrado nunca a nadie".[67]

Así recordaban a doña Marina los que con ella vivieron batallas y los tiempos después de la Conquista: indios y españoles la guardaban en su memoria como valiente, de comportamiento impecable. Pero antes que traductora, fue mujer de carne y hueso, que guardó sus emociones y tomó con inteligencia sus decisiones más íntimas: tuvo dos embarazos y dos partos, pero cuando ella lo quiso y con quien ella lo decidió. Esto parecería imposible para las mujeres de ese tiempo y en sus circunstancias, pero era común para las indígenas que conocían a la perfección su cuerpo, tanto como las plantas curativas: sabían qué comer o beber dependiendo de lo que necesitaran, aliviaban el dolor de cabeza o de cadera, las cortadas en la piel y las del alma;

---

[66] Durante las primeras décadas después de la Conquista se adoptaron las formas castellanas de don o doña para nombrar a los indígenas de origen noble; las jerarquías eran respetadas y tenían valor, así como la voz de los indígenas y sus opiniones tanto en juicios, como en asuntos de gobierno y política.

[67] AGI, Patronato 56, N. 3, R. 4, "Méritos y servicios: Marina", en Townsend, 2015: 224 y 262.

usaban tés, caldos y masajes para lograr embarazarse o abortar. Decidían. Su medicina no era perfecta, pero sí profunda y sabia: comprendían sus ciclos menstruales unidos a la luna, su sangre era sagrada, le rezaban dando gracias por ser mujeres y pedían lo que anhelaban sembrando sus fluidos en la tierra, le devolvían lo que les daba: vida, fertilidad, fuerza...

Malintzin no fue mujer de un solo hombre, empezando porque era esclava y con sus servicios en la casa de los señores mayas venía también su cuerpo, y si ellos querían, la tomarían sexualmente; después fue entregada a Portocarrero, y también —lo sabemos— compartió lecho y sexo con Cortés. No se embarazó siendo una joven esclava, quizá por el esfuerzo físico y el hambre, pero tampoco fue madre con el primer español que la tomó, ni siquiera con Cortés durante los dos largos años que duró la Conquista. ¿Por qué? Podemos imaginar muchas respuestas, como que Hernán sabiendo lo poco provechoso que sería tener a Malintzin en cinta, con molestias de embarazo o que muriera en el parto, guardó sus impulsos para un mejor momento. Pero esto es prácticamente imposible conociendo el carácter del capitán, poco contenido, bastante arrebatado y de instintos carnales comprobados. Además no tenía mesura, ni era empático con los temas "de mujeres".

No, lo más probable es que Malintzin supiera cuidarse y así lo hubiera decidido, ella era más consciente de su situación, de su cuerpo y la fragilidad de las mujeres embarazadas. Esperó a que la Conquista estuviera consumada. Sólo después de la caída de Tenochtitlán se embarazó y su hijo sería el heredero del capitán. No sabemos cómo reaccionó Cortés cuando le compartió su condición, pero sí quedó clara su alegría, en acciones concretas, cuando nació: Hernán recibió al niño en brazos, sonrió; pidió que se hiciera festejo y al momento lo decidió: "¡Lo llamaremos

Martín, como mi padre!". Eso decía mucho. Al poco tiempo anunció también que lo legitimaría.[68]

El afecto que sentía Cortés por Malintzin quedó claro ese día y el valor que le dio a su hijo debió de ser un enorme consuelo para ella.

En el parto se mira la luz y la muerte al mismo tiempo. La fragilidad se grita entre dolores. El camino que se abre el niño para vivir lo nubla todo; la razón no sirve, sólo la voluntad, confiar en el instinto y tomarse de las manos y mirada de quien está acompañando a la mujer que está pariendo. Malinche extrañaría a su madre y a sus mujeres, necesitaba a la partera que entendiera su lengua y sentimiento. Ella sabía que dar a luz no era cuestión de dioses masculinos, ni en el parto se mira la luz y la muerte al mismo tiempo. La fragilidad se grita entre dolores. El camino que se abre el niño para vivir lo nubla todo; la razón no sirve, sólo la voluntad, confiar en el instinto y tomarse de las manos y mirada de quien está acompañando a la mujer que está pariendo. Malinche extrañaría a su madre y a sus mujeres, necesitaba a la partera que entendiera su lengua y sentimiento. Ella sabía que dar a luz no era cuestión de dioses masculinos, ni doctores, ni rosarios o sacerdotes cristianos, sino de fuertes mujeres y sus diosas que

---

[68] En aquel tiempo los hijos fuera del matrimonio eran muchos, se criaban, la gran mayoría, cerca del padre y era la costumbre que éste también se hiciera responsable de su manutención, pero no dejaban de ser "bastardos": hijos sin derechos a las herencias, ni a los títulos, ni a buenos matrimonios desde su linaje. Sin embargo, a través de un trámite complicado, con demostraciones a veces absurdas, pero sobre todo logrado gracias a tener buenas relaciones con la Iglesia, el padre podía pedir la legitimación de sus hijos o hijas concebidos fuera del matrimonio. Si recibían la bula papal, es decir, el permiso del papa, esos niños quedarían en iguales condiciones que sus hermanastros nacidos bajo legítimo matrimonio, pero siempre bajo el designio del padre, que podía, por supuesto, cambiar de opinión.

venían al auxilio de la madre, que la mujer durante el parto se hacía una misma con sus deidades y tomaba de ellas la fuerza que necesitaban. Ya fuera dentro de un temazcal,[69] o sobre un petate o en el campo, donde quiera que el parto se viviera, entre tambores y cantos, la partera con energía clamaría: "Hija amada, ¡esfuérzate!, ¿qué vamos a hacer contigo? Aquí están presentes tus madres. Ahora te toca a ti. Agarra firme tu escudo. Hija mía, mi niñita, sé una mujer valiente. Sé Cuauhcihuatl. ¡Trabaja con ella! Pelea, aguanta [...] hoy eres Cihuacóatl Quilaztli".[70] Al nacer la niña o el varón, el júbilo era el mismo. La madre entre susurros y alivio se pegaría el niño al pecho y ahora vendrían sus rezos: "Llegaste a la tierra, mi más chiquito, mi niño amado, mi joven

---

[69] El baño temazcal era para los antiguos pobladores de Mesoamérica y de Norteamérica la matriz sagrada de la tierra, el vientre de la gran madre. Su forma es circular (parecido a un iglú) con un diseño considerado sagrado; según el origen de la tradición indígena que se estudie, el temazcal se construye con varas flexibles tomadas de ciertos árboles elegidos o de barro y tierra formando un adobe; igualmente las piedras calientes que se introducen son volcánicas, y se les llama "las abuelas o abuelitas", ya que guardan en su interior los secretos más ancestrales de la tierra. Por su parte, las proporciones, ubicación y cada detalle se han transmitido de generación en generación entre los indígenas hasta llegar a nuestros días, así como la medicina que se considera que ofrece el temazcal, ya que entre rezos, cantos y plegarias dentro de esta matriz todo es sagrado y debe llevar un orden específico: entrar al temazcal es un ritual, más que sólo una experiencia.

[70] Estos rezos y rituales fueron recopilados también por fray Bernardino de Sahagún y quedaron escritos en el Códice Florentino, gracias a los cuales podemos recibir el detalle de la forma de hablar, las creencias y los valores profundos con los que se vivía en el México de nuestros ancestros.

Por su parte, Cihuacóatl Quilaztli era una de las deidades femeninas más importantes del mundo antiguo —la serpiente hembra—, la que trae la vida y el verdor, patrona de las parteras y de las mujeres en parto, pero también brindaba poder a los guerreros durante la guerra, y, al estar relacionada con el lado femenino del cosmos, tenía influencia sobre la fertilidad y el agua. Desde su dualidad sería responsable de las hambrunas, la sequía y la pobreza (Rosell y Ojeda Díaz, 2003; y "La Cihuacóatl", 2019).

amado",[71] y si el bebé hubiera sido niña, el canto era todavía más dulce: "Ahora mi niñita, tortolita, mujercita, tienes vida, has nacido, has salido, has caído de mi seno, de mi pecho. Porque te he forjado, porque te ha moldeado, te hizo, te formó menudita tu padre, tu señor. Ojalá no andes sufriendo en la tierra".[72] En el mundo prehispánico los rituales sellaban la vida, el fuego y el rezo, los cantos y el corazón se ponían por delante como fórmula matemática para preservarla.

Dos años antes de que el hijo de Malintzin naciera, ella había recibido el bautismo y a un dios que no pidió. Aprendió de memoria lo que esto significaba para los españoles y lo que pretendían de los indígenas: conversión, cambio y fe. Pero no se puede obligar a nadie a creer y mucho menos a cambiar de fe en los momentos límite, donde la vida y la muerte conviven. Así es un parto, y la vida de los hijos se bendice en el idioma, religión y forma que entiende el corazón.[73]

Hernán Cortés no había tenido descendencia previa, así que el hijo de Marina se confirmaba como su heredero. Pero ella sabía que esto, seguramente, sería transitorio. Era muy inteligente como para comprarse el cuento romántico de la indígena salvada por el conquistador. Lo conocía demasiado bien, él tomaba cuanta mujer quería y en la primera oportunidad volvería

---

[71] Rosell y Ojeda Díaz (2003), nota 67.

[72] *Ibid.*, nota 68.

[73] La realidad y el sentimiento indígena frente a la conversión impuesta quedó plasmada en la respuesta de los sacerdotes principales (indígenas) frente a los 12 franciscanos que llegaron a Tenochtitlán en 1524. El documento, que lleva por nombre "Coloquio", recoge su indignación y dolor, así como su sabiduría. Lo escribió en español y en náhuatl Bernardino de Sahagún. Los hechos y narraciones son el legado del dolor y la inteligencia de los dirigentes espirituales del México antiguo. Te narro los detalles en el QR número 12: "Conversión vs. fe, la fuerza de una identidad".

a casarse, por supuesto, con una mujer española elegida fríamente a la altura de sus intereses. Con sabiduría, Malintzin estaba clara de que el pequeño y su destino dependían de ella, aunque su padre fuera el capitán don Hernán Cortés. Ella no dejaba de ser su concubina y nada más; Hernán la apreciaba, eso es cierto, y la necesitaba... todavía. Por eso, con acción y sabiduría, con paciencia y determinación se abrió un camino para ella y su hijo. Que Marina haya prosperado y logrado paz y economía, seguridad y futuro para su descendencia debería de darnos orgullo y no vergüenza, ser ejemplo y no motivo de juicio, ni condena.

Los días y los meses transcurrieron, Malintzin vivía en un estado de paz que no conocía. Duró poco. Pero sí lo suficiente para dejar una linda memoria en el corazón de Martín, su hijo, quien siempre se refirió a su madre con amor y honra.

Hernán fue a visitarla, la revuelta en Honduras se había vuelto peligrosa, emprendería el largo viaje para controlar a los españoles que querían arrebatarle el poder. Malinche sabía que no se lo compartía para desahogarse. Le estaba pidiendo que fuera con él. ¿Podía negarse? Quizá, pero ¿a qué precio?

Esa campaña le llevaría por lo menos de uno a dos años, existían todavía muchos grupos indígenas en el camino sin someter, los más salvajes. Cortés sabía que ponía en riesgo su vida. El pequeño Martín tendría apenas dos años.

Malintzin hizo por este hijo y por la niña —que tendría después— lo que nadie pudo hacer por ella, protegerlos, asegurarles un futuro. Accedió a la petición de Cortés, iría con él, pero esta vez ella puso las condiciones: dejaría de ser la concubina a expensas de los caprichos de un hombre, quería ser mujer y esposa por la ley de la Iglesia católica. Ya sabía lo suficiente de los españoles, su religión y sociedad como para comprender lo que ese sacramento significaba: a partir de ese momento, las mujeres quedaban protegidas y los hombres obligados. Mucho se ha querido interpretar sobre si Hernán Cortés abandonó a Marina en cuanto no le sirvió más. Pero esto no es verdad. Primero porque nunca dejó de serle útil, y segundo porque se tenían la lealtad de los compañeros de batalla. Cortés no amaba a la Malinche. Ni siquiera sabemos si era capaz de amar de verdad. Pero tanto a ella, como a sus capitanes y por supuesto a los indígenas aliados, les debía gran parte de su conquista y cumplió, en la medida de sus posibilidades, con sus promesas. Por lo menos así se comportó los primeros años después de la caída de Tenochtitlán. Así es que Hernán Cortés no abandonó, ni se olvidó de Malinche. Por lo mismo no la casó para deshacerse de ella, al contrario, fue Malintzin la que le pidió que le buscara matrimonio y que fuera con uno de sus capitanes. Lo eligieron juntos. Seleccionaron a Juan Jaramillo,[74] que era la mejor opción de los que quedaban vivos y solteros, con fortuna y futuro. Pero había un problema:

---

[74] Los capitanes que acompañaron a Cortés en las primeras batallas de la conquista fueron Pedro de Alvarado, Gonzalo de Sandoval, Cristóbal de Olid, Juan Velázquez de León, Cristóbal de Olea, Juan de Escalante, Diego de Ordás, Francisco de Montejo, Pedro de Ircio, Alonso de Ávila, Francisco de Luga, Andrés de Tapia, Luis Marín y Juan Jaramillo (en Townsend, 2015: 222). Cada uno siguió su camino en el nuevo mundo, y de todos solamente tres estaban solteros y disponibles para entablar matrimonio con Malintzin: Diego de Ordás, que nunca mostró interés por casarse, Andrés de Tapia y Juan Jaramillo. De entre estos dos últimos, no había diferencia ni por rango, ni por linaje; a ambos los conocía bien Malinche, pero a Juan Jaramillo Cortés lo acababa de nombrar su segundo de a bordo, justamente para la expedición a Honduras, y su padre había luchado por las conquistas españolas antes, tenía fama honorable y buena fortuna. Quizá fue esto último por lo que Cortés y Malintzin lo eligieron a él. No se equivocaron, fue un buen marido y extraordinario administrador de sus encomiendas.

ella, aunque dijera ser de origen noble, no podía comprobarlo y además había sido esclava. Así es que necesitaría más que la bendición del capitán para que Jaramillo accediera a casarse.[75] Marina necesitaba una buena dote,[76] con tierras y riquezas que se aportaran a su nuevo matrimonio, y el capitán se las tendría que dar. Lo hizo.

Todo ese momento y los que siguieron antes de la partida a Honduras parecen una retribución de la vida para Malinche. Justicia lograda. El escenario pintaba por fin a su favor, pero su grandeza estuvo en darse cuenta, en ser paciente y justa, en tener la valentía de pedir lo que sabía que merecía y la inteligencia de elegir lo que Cortés sí podía darle. Usó a su favor los valores más apreciados en el mundo prehispánico: la mesura y el derecho. Bien pudo amedrentarse por la personalidad de Cortés o ceder por la historia que compartían, sentirse menos por su

---

[75] Durante el tiempo de la Conquista y los primeros años después de haberse logrado, los indígenas, hombres o mujeres, siguieron siendo distinguidos por los españoles de acuerdo con su linaje y riquezas. Así, los nobles y sus hijos tuvieron por un tiempo lugares y condiciones privilegiadas frente a Cortés: seguían gobernando muchos de los *altépetl*, por supuesto bajo la supervisión y siguiendo las órdenes del capitán. Los matrimonios con las indígenas tampoco eran mal vistos, siempre y cuando éstas fueran de origen noble y tuvieran una dote que ofrecer al futuro marido. Conforme avanzó el Virreinato fue que los indígenas quedaron relegados a ciudadanos de segunda categoría, obligados solamente a los trabajos al servicio de los españoles con poca o nula paga, y los matrimonios entre indígenas y españoles fueron considerados una bajeza.

[76] Desde los tiempos más antiguos "la dote" significaba para las mujeres la posibilidad de un buen matrimonio. La novia tenía que venir acompañada de dinero y riquezas para que un buen partido la tomara por mujer. No bastaba con ser hermosa o hija de buena familia, seguro que ayudaba, pero lo más importante era, al final, lo que su padre le pudiera dar. Igualmente funcionaba en los conventos: las jóvenes, para ser admitidas como novicias, tenían que presentar a la Iglesia católica una dote a la altura de su familia y sus aspiraciones, ya que finalmente, en el concepto cristiano, se estaban casando con Jesús.

origen y simplemente aceptar emprender el largo y peligroso viaje a Honduras, sin más. Obedecer, aunque ya no fuera esclava, y repetir su historia; caminar dos años más estas tierras al lado del capitán, dejar a su hijo y perder lo poco que había conquistado. No fue así, ella marcó cuál sería su nuevo destino y se atrevió a caminarlo con dignidad. Éste es uno de los grandes motivos por los cuales mirar de nuevo a Malintzin, sumando ahora admiración y orgullo, reconociendo su carácter y la altura de sus decisiones, así como su fuerza y entereza para sostenerse en ellas. Es tiempo de revisar lo que pensó y se atrevió a decir, lo que quiso y conquistó. Malinche nos deja claro que las oportunidades les pertenecen a los que se atreven a tomarlas, a los que se miran a sí mismos con justicia y aceptan con tranquilidad lo que merecen; los que asumen las consecuencias de usar la voz y saben caminar sus palabras.

Malintzin fue muy clara con el capitán, como en otras ocasiones, pero ahora a favor de ella misma. Cortés, después de escuchar su propuesta, seguramente miró a la que un día fuera esclava, la conocía bien, la vio transformarse a su lado. Sabía que todo lo que le pedía era inteligente y justo. Se lo concedió.

Hubo un detalle adicional dentro de las condiciones de Marina, uno que quizá sólo ella comprendía de fondo porque el significado era absolutamente personal. Malinche eligió las tierras que le daría Cortés como su dote: serían dos encomiendas dentro de un mismo *altépetl*, paradójicamente tierras que no eran ni ricas, ni cercanas. Esto no cuadraba con la descripción de lo más ventajoso que podía pedir, pero para ella tenían un valor distinto, se trataba del lugar de donde fue arrancada siendo niña: era tiempo de volver a casa, pero de una manera distinta, no como la joven esclava, ni la mujer concubina, sino como la Señora en la que se había convertido; la mujer poderosa que se conquistó a sí misma, la dueña de esas tierras, casada con el capitán que ella eligió.[77]

En el corazón de Malintzin habitaba esa semilla de orgullo y dignidad, no era venganza, sino justicia. La consiguió.

---

[77] Las encomiendas que pidió Malintzin a Cortés fueron Oluta y Tequiquipaque. Fue sumamente específica con él sobre lo que ella quería, quizá incluso tuvo que explicarle por qué, ya que estas encomiendas pertenecían a otro español, un trompeta de poco rango que formó parte de los ejércitos de Cortés, Juan de Cuéllar, al que tuvo que recompensar con un territorio mucho mejor para que sin problema cediera lo que le había sido dado, así el trompeta recibió Ixtapaluca, sobre el lago de Chalco, un *altépetl* que jamás un militar de su rango se hubiera acreditado. Sin embargo, ésta fue una práctica común de Cortés: dar y quitar propiedades para saldar favores. Pero lo que es interesante es que este detalle nos detiene a pensar que Marina específicamente sí pidió esas tierras, no por avaricia o riquezas sino para saldar su deuda interna.

QR 11 Brillos y sombras de un capitán.

QR 12 Conversión vs. fe, la fuerza
de una identidad.

VIII

En los hombros
de una grande

Marina y Cortés dejaron Coyoacán en 1524. El pequeño
Martín quedaría al cuidado de un pariente del capitán,
Juan Altamirano, él se encargaría de educarlo como un niño español, así lo pidió su padre y Malintzin lo aceptó, pero ya corría
en su sangre la nobleza indígena, y en su vida, ese niño se convirtió en un joven digno e impecable, correcto y justo.

Malintzin se despidió de su hijo, sabía los riesgos y el tiempo
que pasarían antes de volver a verlo (si es que lo lograba). Pero
como era su costumbre frente a las batallas, se mantuvo firme,
sin romperse en sentimientos y confió en la vida. Martín, pe-
queñito, no entendería lo que estaba pasando, ni tampoco lo
que había hecho su madre por él. Lo abrazaría contra su pecho
con fuerza pronunciando una última bendición en la lengua de

su corazón, y quizá con la señal de la cruz cristiana también. Malinche se marchó.

La nueva expedición de Cortés salió rumbo al Caribe, pero se detendrían en la última población zapoteca antes de llegar a Coatzacoalcos, Tiltepec, que era justamente la frontera de Oluta y Tequiquipaque, las tierras donde nació Malintzin. Marina no seguiría adelante hasta estar casada y ser la mujer de Jaramillo, como Cortés lo prometió. El capellán que los acompañaba ofició la misa y consagró la unión, se necesitaban testigos, tal como lo mandaba la Iglesia: asistieron el capitán y Bernal Díaz (el amigo de Malinche que la apreciaba tanto), pero también toda la comitiva que viajaba con Cortés a Honduras, tanto españoles, como indígenas, incluso el mismo Cuauhtémoc, ya que Hernán, en sus decisiones precipitadas, pensó que era buena idea llevar al noble azteca, último Gran Tlatoani, como rehén y escudo. Eso se convirtió en un desastre. Pero por lo pronto Malintzin entró a su *altépetl* como ella quería. No sabemos si buscó y encontró a su madre, o a su hermano pequeño y a sus amigas, o si simplemente se dirigió a los señores del *altépetl*, diciendo en su lengua que ahora ella mandaba en el lugar. Pero nada de eso nos llegó como un hecho probado, no hay fuentes que lo sustenten, sólo Bernal Díaz del Castillo se detiene en estos detalles, pero ya conocemos su tendencia romántica y exagerada en los temas sensibles de doña Marina. Lo que sí se encuentra en múltiples documentos es que ella y Juan Jaramillo entraron a Oluta y Tequiquipaque después de la boda, tomaron posesión de lo suyo para dejarlo rápidamente encargado a un hombre de confianza que lo cuidaría en sus ausencias.[78]

---

[78] Mucho tiempo después la hija de los dos, María Jaramillo, pediría en agotadores

El viaje a Honduras fue el principio del fin para Hernán Cortés, pues a su regreso a la capital encontraría no sólo un desastre, sino casi una guerra levantada por los hombres que había dejado encargados de gobernar: se mataban entre ellos, ambiciosos e incapaces, pero además sus enemigos encontraron el momento perfecto para atacar al capitán, más de una docena de demandas se enviaron a la Corona en su contra. Las acusaciones eran un caleidoscopio de bajezas: "abuso de poder", "incumplimiento de palabra", "blasfemia", "desacato", "violación", "asesinato", "injuria", y etcéteras. Muchas eran verdad, otras estaban fuera de contexto y varias eran mentiras ventajosas y bien argumentadas de esos enemigos (que también eran muchos y reales). Pero por lo pronto encabezaba con Marina y Jaramillo la caravana que lo llevaría a las Hibueras, hoy Honduras. Cristóbal de Olid, su antiguo capitán aliado y regidor de Veracruz, se había sublevado, quería como muchos otros conquistadores un territorio sólo para él, sin más cuentas al capitán.

La travesía fue peligrosa como ninguna, se perdieron en el camino, avanzaban lento, las selvas y los llanos los consumían. La desesperación del capitán iba en aumento. Malinche no podía ayudar, la información que recibía de los pobladores era falsa y los indígenas que los acompañaban o los estaban engañando o estarían tan perdidos como ellos. Un rumor llegó a los oídos de Cortés: Cuauhtémoc, su rehén de la nobleza, tenía lista una conspiración; lo ayudarían sus acompañantes indígenas, antiguos

---

juicios que se le devolviera lo que le pertenecía como heredera de Malintzin; en los documentos presentados y en los recuentos de los testigos se asientan los detalles de la boda, así como que estas tierras fueron un regalo de Hernán Cortés a la Malinche (AGI, Patronato 56, N. 3, R. 4, "Méritos y servicios: Marina", en Townsend, 2015: 224 y 262).

guerreros y los habitantes de los pueblos que encontraron en el camino. Sonaba verosímil, pero no era verdad. Lo que sucedió fue que una noche, frente al fuego, los indígenas se burlaban de la ineptitud de sus conquistadores para encontrar el camino. Entre bromas se le oyó decir a Cuauhtémoc que más valía morir con honor en una batalla, que morir de hambre en el camino. Esto fue suficiente para malinterpretar al jefe azteca que algún día había mandado en esas tierras. Cortés, iracundo, confrontó a su prisionero; Cuauhtémoc no tenía nada que explicar. El capitán lo torturó, sacaría de sus gritos sus confesiones. Malinche tenía que traducir más sangre, más brutalidad, más menosprecio. El último de los *tlatoanis* no se quebraría nunca, entonces Hernán le mandó quemar los pies. Cuauhtémoc gritó, pero de furia, pidió por Malintzin, quería que lo tradujeran bien, levantó su voz contra Cortés: *"¡Capitán Malinche!"*, le dijo despreciando su nombre, y entre lágrimas de hombre escupió sus últimas palabras: *"Siempre supe que sería así [...] que eras falso en las palabras y que me habrías de matar sin justicia"*.[79] Cortés lo ejecutó.

En septiembre de 1525, a casi un año de camino, la expedición mermada alcanzó por fin la ciudad de Nito; estaba habitada por españoles, ubicada en la costa, y parecía perfecta para refugiarse unos días y recuperarse. Los recibieron, pero no había nada que ofrecer, morían de hambre tanto como la comitiva de Cortés. Malintzin guardaría en silencio sus molestias físicas. Estaba embarazada. Jaramillo se mantenía al pendiente, pero esperaba de ella lo de siempre: fortaleza. La situación era desesperada. Sólo les quedaba un barco. Pasaron un par de días y, por fortuna, otra embarcación se acercó a la costa. Le pidieron víveres para salvar

---

[79] Díaz del Castillo (1983).

a la población de Nito. Los demás zarparon cuanto antes, necesitaban llegar a la bahía de Honduras. Lo irónico es que en eso estaba Cortés cuando la noticia llegó: Cristóbal de Olid ya estaba muerto. Meses atrás, mientras sobrevivían en la selva, partidarios del capitán lo habían tomado prisionero y ejecutado por traición. El viaje había sido casi inútil, a excepción del golpe de realidad que sacudió a Cortés: la inmensidad de "su territorio" era prácticamente ingobernable para él solo, las traiciones se cocinaban en las entrañas de los españoles y los indígenas seguían siendo muchos, fuertes y estaban muy enojados. Pero Hernán Cortés no se detendría en pensamientos de derrota que le eran inútiles, frente a cada obstáculo buscaba solución y la encontraba. Tan pronto llegaron a Honduras, siguieron hacia la fuerte ciudad de Trujillo, y desde ahí, muy a su estilo, comenzó a poner orden: designó nuevos dirigentes que le fueran leales, argumentó y convenció a los señores indígenas de cooperar con ellos, pidió auxilio a la Corona de España para resguardar a las colonias en dificultades y emprendió, a toda prisa, el regreso.[80]

Juan Jaramillo se mantuvo a su lado, firme y al servicio. Marina también, pero no sabemos qué tan mermadas sentiría sus fuerzas. El parto sucedió de manera precipitada en las costas de Honduras. Lejos de su tierra, sola, pero ella sabía qué hacer: pediría la ayuda indispensable, quería y tenía que sobrevivir por ella y la criatura. Fue una niña. Con la bebé pegada al pecho hubo rezos en silencio y alivio. Jaramillo todavía asustado pidió de inmediato por el capellán. Debían bautizarla cuanto antes, no quería que muriera sin sacramento. Malintzin sabía que todo estaba bien.

---

[80] "Instrucciones y ordenanzas dadas por Hernán Cortés para las villas de Trujillo y de Ntra. Señora (1527)" (en Townsend, 2015).

Eligieron el nombre juntos, la llamaron María. Como la Virgen, pidió su padre, y Malinche, comprendiendo a su esposo, simplemente asintió, su hija sería María Jaramillo Malintzin.

Apenas se recuperó del parto buscaron alcanzar al capitán. Marina llevaba a su hija apretada al cuerpo todo el camino, envuelta en un rebozo la mantendría cerca de su calor. Las indígenas no entendían a las mujeres españolas, que tan pronto nacían sus niños los entregaban a las criadas y buscaban nodriza. Malinche sabía que, para vivir, María necesitaba sus senos cargados de leche y escuchar el latido de su corazón. Se mantenía serena, tomaba cacao para nutrirse, para aumentar sus fuerzas y resistir. Jaramillo no intervenía. Reconocía la sabiduría de su mujer y le urgía regresar a México, no sólo para acompañar a Cortés, sino para atender sus propios asuntos. Habían transcurrido casi dos años desde su partida.

Tan pronto como Marina y Jaramillo estuvieron de vuelta en la capital se instalaron con su hija en una nueva propiedad otorgada por sus méritos, muy cerca de la plaza central de México. El pequeño Martín no regresó nunca a vivir con su madre, Malintzin asumió esta realidad. Era la voluntad de su padre. Sin embargo, se visitaban con frecuencia; conoció a su hermanita; crecía sano y fuerte. Esto era suficiente para Malintzin, que aceptó el destino separada de su hijo mayor. "Será un noble al servicio del rey",[81]

---

[81] Al llegar a España, Martín sí fue bien recibido por la nobleza española, quedó bajo el resguardo de la reina Isabel de Portugal, la hermosa esposa de Carlos V. El hijo de Malintzin y Cortés, considerado el primer mestizo, crecería con el futuro rey, Felipe II, y al lado de los hijos más importantes de los duques, condes y marqueses de las cortes castellanas: comerían y estudiarían juntos; los juegos, bromas y travesuras también los harían juntos. Todos esos niños serían leales al rey por obediencia divina, pero también por afecto. Jamás se escuchó una

le anunció Hernán, que había decidido emprender el largo viaje de vuelta a España, necesitaba defender su causa frente a Carlos V. Estaba decidido, Martín iría con él: "Mi hijo se convertirá en miembro de la Orden de Santiago, el mayor de los honores para un joven hijo de un conquistador como yo", continuó profundizando en su decisión

Marina no necesitaba mayor explicación, ella ya había hecho por su hijo todo lo que estaba en sus manos. Ahora, aprovechaba cada minuto para sembrar en el pequeño más que modales, consejos. Martín Cortés se convirtió en un hombre bueno y noble, no sólo por la sangre de sus padres, sino por sus propias acciones. Pero en marzo de 1528 no tendría más de seis años cuando Malintzin lo vio marcharse, no sabemos si desde el portón de su casa o si lo acompañó hasta el puerto. Otra despedida. Ahora sin fecha de regreso. Marina tomó aire y lo dejó ir. Madre e hijo guardaron en el alma su recuerdo.

Antes de marcharse, Hernán Cortés, usando la poca autoridad que le quedaba, nombró a Juan Jaramillo su alcalde. Después el propio rey lo designó como regidor de Cabildo, un puesto aún más notable. Además de estas designaciones Jaramillo había recibido Xilotepec como encomienda y se convirtió en una de las más ricas del nuevo reino. Él la administraba sabiamente. Malintzin había elegido bien a su marido, prosperaban. Llevaban también una relación pacífica y de mutuo beneficio. Él sabía a la

---

queja sobre Martín, por el contrario, era retraído, silencioso y cumplido. No vivió tampoco ataques o bajezas por ser hijo de una indígena. En ese momento en España si el niño era hijo del gran conquistador Hernán Cortés y una india noble de las nuevas tierras, era suficiente.

perfección con quién se había casado: una mujer fuerte y clara que había conquistado su autonomía. No pretendía cambiarla. Su esposa había borrado su cicatriz de la esclavitud con la huella del merecimiento y no dejaría de defender su vida, la de sus hijos y también sus propiedades. Esto fue motivo de burlas más de una vez para Jaramillo. No faltaban las murmuraciones y malos comentarios de españoles recién llegados a la Nueva España que ni los conocían, ni sabían manejar la idea de una mujer indígena, rica y bien casada. Jaramillo demostró ser más inteligente que colérico, jamás dio rienda suelta a defensas innecesarias. De hecho, aceptó recibir como pago por sus servicios en Honduras un extenso y valioso terreno dentro del Bosque de Chapultepec,[82] pero en conjunto con Malintzin. La propiedad tenía uso para finca y sería mancomunada. Es decir, rompiendo toda la costumbre española con respecto a los derechos sobre la tierra, este predio fue dado con especificación a doña Marina por partes iguales que al capitán Juan Jaramillo. Él jamás reclamó.

La vida continuaba.

Sin embargo, algo no estaba del todo bien con Malinche, María crecía a su lado, pero desde su regreso de Honduras su madre no había logrado recuperar del todo sus fuerzas, quizá por el viaje mismo y las penurias que vivieron o por el parto en esas condiciones. Seguía siendo cuidadosa de sus rutinas y sumamente

---

[82] En menos de una década todo el acueducto que se extendía en esta zona y hasta el centro estaría habitado por mansiones españolas y casas de campo. En la parte más alta, sobre el cerro donde alguna vez estuvieron las pozas y el zoológico de Moctezuma, los virreyes construyeron su casa de descanso: varios siglos después se convertiría en el Castillo de Chapultepec.

dedicada en sus labores. Todos los días de manera diligente se despertaba al amanecer y después de asearse atendía la administración de sus encomiendas, dirigía la casa y cuidaba de la educación de su hija. Sus servicios como traductora ya no eran indispensables, habían comenzado a surgir nuevos indígenas y también españoles en el oficio. Ella estaba en lo suyo, pero por supuesto que respondía al llamado de las autoridades españolas si la requerían, o de los frailes, así como de los señores indígenas si la necesitaban. Pero por las tardes se retiraba a sus habitaciones, necesitaba un tiempo para descansar. Esto no era lo habitual. El cansancio anunciaba que algo no estaba bien con la salud de Malinche. Nunca se quejó.

En enero de 1529 un rumor recorrió toda la ciudad, médicos y chamanes fueron llamados a la casa de los Jaramillo. Un nuevo brote de viruela atacaba la ciudad. Malintzin cayó gravemente enferma. María tendría apenas dos años. Ni el amor por su hija ni la fortaleza de su espíritu pudieron ayudarle. No hubo nada que hacer. La mujer más importante de ese tiempo, la que había tejido dos mundos con su voz, falleció la última semana de enero.[83]

---

[83] A lo largo de los años han corrido rumores sobre cómo fue realmente la muerte de Malinche, incluido un invento sobre si fue asesinada por mandato de Hernán Cortés, en la calle de Moneda. Esto no tiene pies ni cabeza. No existiría motivo alguno por el cual Cortés hubiera hecho algo así. De entrada, él se encontraba en España superando la debacle que había sufrido después de su encuentro con el rey haciendo frente a los juicios en su contra. Además, Marina fue más que su traductora, la estratega que se mantuvo a su lado toda la Conquista, su sabio consejo y compañera de batallas. Eran leales el uno al otro, compartían juntos un hijo. Cortés, como lo hemos revisado, era hombre de luces y sombras, pero con Malinche siempre cumplió lo prometido. Lo que sí es verdad es que no sabemos con exactitud cuál fue la enfermedad que se llevó la vida de Malintzin, ni la fecha precisa, sólo que fue una especie de viruela y que murió entre los días 24 y 29 de enero de 1529, así como que fue conocido

Las campanadas de la iglesia principal anunciaron su muerte. No tendría más de treinta años y en sus hombros se levantaba un legado inmenso. Su imagen, hasta ese día, y casi un siglo después permaneció impecable. Quizá después de haber recorrido su vida de nuevo podamos nosotros, sus herederos, hacer lo mismo que los indígenas, criollos y españoles de ese tiempo: reconocer sus méritos, valorar su camino, agradecer su entrega... honrarla.

Juan Jaramillo cumplió con su obligación cristiana de hacer misas en su nombre. A su hija la cuidaría siempre, pero apenas pasó el tiempo obligado de luto se volvió a casar. Siendo un hombre práctico, era de esperarse.[84]

---

en todo el territorio de México, lo que refuerza la importancia de su figura en ese tiempo.

[84] La vida de Juan Jaramillo después de Malintzin siguió tan estable, como próspera. Se casó con una joven española de 16 años, Beatriz de Andrade, que nunca pudo tener hijos. Sus celos y amargura arremetieron contra la difunta esposa de su marido y tan pronto como Juan Jaramillo murió, María, su hija, y Beatriz, la viuda, se enfrascaron en un pleito legal que duraría más de 10 años. María defendía sus herencias, Beatriz quería todo para ella y sobre todo deslegitimar a Malinche como una indígena de la nobleza. Los detalles de estos juicios quedaron asentados en cuantiosos documentos. Nosotros, los mexicanos, fuimos los que ganamos ese juicio porque gracias a dichos documentos conocemos la opinión, con detalle, de cómo fue admirada Malintzin en vida.

IX

LOS HIJOS DE LA MALINCHE

E l reflejo del corazón de los padres se puede ver en la forma de vida y el carácter de los hijos. Es verdad que cada uno va tomando su camino y formando su personalidad, pero la semilla y la sangre se asoman en los linajes como un punto de encuentro, características comunes que no sabemos si se heredan o se aprenden en el nido familiar.

Martín y María, los hijos de Malinche, se vieron una sola vez en su vida como adultos. Era 1562, el consuelo para María debió de haber sido mucho, estaba absolutamente desgastada por el interminable juicio que había decidido entablar contra su madrastra. Martín venía regresando de España por primera vez, desde su partida a los seis años. El destino de ambos fue distinto, la forma de vivir el mestizaje también. Ninguno fue menospreciado por su sangre indígena, por el contrario, sus hijos y nietos todavía vivieron beneficios y privilegios, simplemente por documentar que eran descendientes de doña Marina Malintzin.

Martín

Seis semanas duró el viaje en barco que alejó a Martín Cortés de México y su madre, zarparon de Veracruz y llegaron al Puerto de Palos, en la provincia de Huelva, en Andalucía. Más de cuarenta hombres integraban la comitiva de Hernán Cortes, entre ellos varios jóvenes, príncipes indígenas, herederos de los reinos de Texcoco, señores de Tlaxcala y dos hijos del propio Moctezuma; usaban con toda dignidad sus atuendos tradicionales, con plumajes y bordados (el rey pediría después de conocerlos que se les entregaran ropajes castellanos, indicando que él mismo pagaría por ellos: no entendió ni el valor, ni el significado de esos trajes, tampoco la ofensa al pedir que se los quitaran). Para Martín, por el contrario, eran dignos de toda admiración: jóvenes, fuertes y nobles indígenas, como su madre. Todo lo que iba conociendo en la tierra de su padre sería motivo de emoción, sorpresa y asombro. No había cumplido los siete años cuando desembarcaron en Sevilla, puerto de entrada a los reinos de Castilla y Aragón. La belleza de las construcciones, la altura de la Giralda que se observaba por toda la ciudad (legado de la cultura árabe que allí había hecho vida por siglos y dejado sus tesoros), los fuertes y cañones, las murallas de piedra, los numerosos carruajes: todo era imponente para el niño, y también para los demás acompañantes indígenas, que seguramente comprendieron con mayor claridad los motivos y formas de la Conquista, así como la inevitable pérdida de sus guerreros frente al avance tecnológico, que dominaban los españoles.

Tan pronto como Cortés organizó sus asuntos emprendieron el viaje hacia el norte, y cruzando la sierra se encaminaron a las llanuras de Extremadura; Hernán Cortés regresaría a su pueblo después de veinticinco años de haber partido hacia el Caribe. Martín conoció a su abuela en la casa de Medellín, pero su abuelo había muerto pocos meses antes de su llegada. Su padre avisó que se irían pronto. Tenía más interés en visitar el monasterio extremeño de Guadalupe, que en continuar en casa de su madre. Su ansiedad por entrevistarse con el rey era mucha, su nerviosismo también. Había que rezar para tener fortuna y favor, él era un ferviente devoto de esta Virgen, de hecho Cortés fue quien trajo por primera vez una imagen de la Guadalupe extremeña a las tierras de la Nueva España. Martín obedecía. Viajaron a Toledo y esperaron al rey. El pequeño no sabía que le quedaban tan sólo cinco meses cerca de su padre. Lo veneraba, era el gran capitán Cortés, pero después de su encuentro con Carlos V, Hernán tuvo que abandonar sus sueños de ser virrey, lo nombraron marqués de Oaxaca y nada más. Martín no entendería lo que esto significaba, pero era un duro golpe contra el orgullo del capitán que había logrado la Conquista. Cayó enfermo por primera vez, sin embargo, una vez superado el trago amargo, se encargó de arreglar todo para garantizar la crianza, educación y futuro de su hijo. El pequeño quedaría bajo el cuidado de la reina Isabel, princesa de Portugal y madre de Felipe II, el heredero de España. Ella había decidido crear una comunidad de pajes para su hijo, más de setenta niños comían y dormían juntos, eran los compañeros de estudio, juego y travesuras del futuro rey. Isabel estaba convencida de que así no solamente serían leales al rey por mandato, sino por afecto.

Cortés se marchó de Toledo en marzo de 1529. Martín quedó atrás, solo. No hubo promesas, ni falsas esperanzas de volverse a ver pronto. Su padre seguiría su camino y sus asuntos; estaba comprometido con una mujer española, Juana de Zúñiga, con la que pronto se casaría y tendría una descendencia legítima. Del hijo de Malintzin, el capitán esperaba que se hiciera fuerte, ¡así eran las cosas y punto! Sólo le dio indicaciones claras sobre ser obediente y digno, de cumplir con sus deberes y jamás olvidarse *de quién era hijo*.

De Martín nunca se escuchó una queja. La tristeza que sintió por quedarse solo, sin su padre y sus compañeros de viaje no está documentada, tampoco cómo fue que recibió la noticia de la temprana muerte de su madre y si alguien lo consoló; lo que sí sabemos es que se enfermó. Martín se contagiaba de cuanto virus o bacteria había en la corte itinerante de la reina. Era reservado y bien portado, inteligente y aprendía con rapidez todas sus lecciones, pero pasaba largas temporadas en cama. La peor de éstas fue cuando contrajo escrófula, una enfermedad que provocaba la inflación de los ganglios del cuello, junto con el brote de abscesos convertidos en úlceras purulentas. Cortés recibía estas noticias con espanto e indignación: *¡cómo un hijo de él sería tan débil como para contagiarse de algo tan horroroso! ¡Tenía que haber un error!* Furioso, mandaba cartas al duque encargado de su cuidado, acompañadas de más dinero y órdenes precisas, dejando claro lo mucho que él quería al niño y que castigaría a todo aquel que no lo protegiera o si no le informaban, a tiempo, sobre su estado de salud.[85]

Martín se recuperó y con el tiempo se convirtió en el joven que su padre había soñado, servía al rey, pero ya no como paje, sino como uno de sus caballeros de confianza y de los soldados mejor preparados de su ejército. Se integró con todas las

---

[85] "Hernando Cortés a Francisco Núñez" en Sánchez-Barba (1963).

dignidades a la prestigiosa Orden de Santiago. Este mérito lo consiguió gracias a la bula pontificia[86] que Hernán Cortés había solicitado al papa Clemente VII para legitimar a Martín.[87] Esto le ayudó para ser aceptado en las cortes españolas, pero sobre todo era un documento necesario para lograr ser parte de la élite de Santiago. Su uniforme era distinto, sus armas también, así como sus honores y concesiones. Cortés y había sido aceptado en la Orden de Santiago desde 1525, pero no era un título heredable, ni garantizado para los hijos de sus miembros, había que cumplir con todo un protocolo, el cual incluía la revisión de la "pureza de sangre" (esta costumbre nos puede parecer por demás ridícula en el presente, pero era mucho más común de lo que imaginamos: se tenían que comprobar, con documentos y testigos, cuatro generaciones atrás sin sangre ni morisca, ni judía, que eran consideradas impuras). A favor de doña Marina, la madre de Martín, como una indígena *sin mancha* y de sangre noble, juró a su favor Diego de Ordás, también fue él quien se encargó de acompañar a Martín, todavía siendo un niño, el día de su audiencia al edificio sede de la Orden, donde recibió los honores reservados a los "hombres de calidad".[88]

---

[86] Una bula papal o bula pontificia es un documento que lleva un sello de plomo con una cruz en el centro y una representación de san Pedro y san Pablo, mientras que en el reverso se escribe el nombre del papa del momento de su publicación y el año del pontificado. Son cartas verdaderamente valiosas para quien las recibe, ya que ostentan todo el poder del máximo jerarca de la Iglesia. En los tiempos de Cortés, lograr una bula papal para legitimar a un hijo tenía tanto valor, que los hijos que la tuvieran eran considerados al mismo nivel de los hijos consumados bajo cristiano matrimonio. Por supuesto, siempre y cuando el padre no cambiara de opinión.

[87] Hernán Cortés incluyó en esta petición a sus otros dos hijos concebidos fuera del matrimonio: Catalina, la hija de Leonor, una mujer cubana con la cual Cortés siempre mantuvo una relación muy cercana; y Luis, hijo que concibió con una española que llegó a la Nueva España después de lograda la conquista.

[88] En Townsend (2015): 280.

El hijo de Cortés y de Malinche, aún sin comprender muy bien todo lo que iba viviendo, se comportaba a la altura de cada circunstancia. Así fue cuando recibió la noticia del nacimiento de su medio hermano, al que su padre había bautizado con *su mismo nombre*: Martín Cortés, pero de Zúñiga. El honor de llevar el nombre de su abuelo ya no era sólo privilegio del hijo de Malinche. Pero lo asumió como algo que sabía que sucedería, y al contrario de lo pensado, cuando conoció al pequeño hacia 1539, se encariñó profundamente con él. Martín fue el encargado de iniciarlo como paje en la corte del rey, lo instruyó y lo ayudó para que no se sintiera tan solo después de la partida de su padre (como él se había sentido). También tenía otro medio hermano, Luis, que conoció al mismo tiempo, era bastante mayor que el pequeño Martín e hijo de otra mujer, también española. Hernán había tomado la decisión de legitimarlo al igual que a Martín, su primogénito, así sus tres hijos podrían servir al monarca español. Lo logró, y en 1547 los hermanos Cortés formaron parte, junto con su padre, de las expediciones de Carlos V a la ciudad africana de Argel. Esa guerra la perdieron los españoles, pero quizá para Hernán Cortés (marqués del Valle de Oaxaca y capitán que una vez soñó con ser virrey) fue la última oportunidad de recuperar unas gotas de orgullo, al mirarse en batalla, junto a sus hijos varones, sirviendo a su Dios y al rey.

Lo que vino después para Martín no sería nada fácil. Su medio hermano había dejado de ser el niño que él adoraba para convertirse en un arrogante joven, con ínfulas de grandeza y poca inteligencia. Fue nombrado heredero absoluto de Hernán Cortés tras su muerte y el nuevo marqués de Oaxaca. Con esta decisión de su padre, quedaron bajo su responsabilidad las pensiones de sus hermanos mayores Martín y Luis, así como las de su madre y sus hermanas. Con ninguno cumplió. Juana de Zúñiga se vio obligada a demandar legalmente a su propio hijo para forzarlo a pagar las dotes de sus hermanas y su parte de la herencia.

Para este momento Martín ya era un adulto que seguía leal en los ejércitos del rey. Había concebido un hijo fuera del matrimonio, al que llamó Hernando Cortés en honor a su padre, pero su nombre se deformó a Fernando Cortés, que era la usanza española común. Poco después había formalizado su matrimonio con la española Bernardina de Porras, con la que formaría una buena familia; tuvieron una hija a la que nombraron Ana, pero siempre veló por Fernando, quien se mudó a vivir con ellos. Martín había decidido dejar atrás el tema de la herencia, después de tener molestos encuentros con su hermanastro, al que terminó por pedirle, que le concediera el poder sobre unas minas en México (también herencia de los tres hijos de Cortés) y a cambio él renunciaría a su pensión anual.

Éste fue el motivo principal que lo llevó a regresar a la Nueva España, además de haber conocido en España a su cuñado Luis de Quesada, esposo de su hermana María, y a su sobrino, el pequeño Pedro, que también había viajado a Europa para completar su educación. La ilusión de reconectar con su hermana, de por fin tener una familia cercana y de limar asperezas con sus hermanastros lo hizo embarcarse hacia Veracruz en 1562. Para su sorpresa, sus medios hermanos habían aceptado hacer el viaje con él, y juntos llevarían consigo los restos de su padre que había pedido ser enterrado aquí.

Éste fue el tiempo de mayor vínculo y unión entre María y Martín, los hijos de Malinche, pero al año María murió. Después de su muerte en 1563, Martín se consoló con la llegada de su esposa y de sus hijos. El hijo mayor de Cortés se habría camino en estas tierras, sin dificultad y sin avaricia, cuando una vuelta de tuerca en el destino le cambió la vida. De nuevo su hermano, con muy poca inteligencia y muchas copas encima, se enfrascó en conversaciones subversivas contra la Real Audiencia, que era el más alto tribunal que atendía en nombre del rey los asuntos civiles y legales de la Nueva España. El virrey de Velasco había muerto repentinamente y, aprovechando ese vacío de poder, algunos criollos y españoles rebeldes habían comenzado una conspiración de la cual querían hacer parte al marqués del Valle de Oaxaca. Martín, el mayor de los Cortés, fue muy claro con su hermano, tajante en sus consejos: "¡Aléjate de las habladurías, que no te traerán nada bueno! ¡Mejor concéntrate en tu familia, mira a tu mujer que está por dar a luz de nuevo!". No hizo caso y el día del festejo del nacimiento de sus gemelas entraron los guardias de la Audiencia y arrestaron a los tres hijos de Cortés. En un principio pensaron que el malentendido se arreglaría rápidamente, confiaban en su posición social y buen apellido. Pero no fue así, los juicios se hicieron largos y peligrosos. Varios de los amigos del marqués de Oaxaca fueron condenados a muerte por traición. El abogado del hijo de Malinche usaba toda su astucia legal para comprobar que don Martín no había participado en ninguna conspiración. Pero los miembros del tribunal estaban dispuestos, con toda brutalidad, a demostrar su autoridad.

Martín seguía encarcelado cuando recibió la noticia de que Luis, su medio hermano, sería fusilado. El golpe fue durísimo, desde su posición no podía hacer para ayudarle y seguramente él sería el siguiente. Pero fue ahora un golpe de azar lo que cambió su dramático destino: el nuevo virrey, don Gastón de Peralta, llegó a la capital antes de lo previsto. Como primer mandato detuvo toda sentencia de muerte hasta analizar el detalle de los procesos. Canceló la sentencia de Luis Cortés por falta de pruebas, y liberó a los otros dos hijos de Hernán. Pero Luis y Martín chico quedaron expulsados de cualquier territorio o colonia de la Corona, y debían viajar a España para ser juzgados allá. Martín, el hijo de Malintzin, quedó bajo custodia en su casa. Mejor hubiera hecho el viaje con sus hermanos, porque a pesar de la oposición de don Gastón, los miembros de la Audiencia, sintiendo su autoridad independiente menospreciada por el nuevo virrey, regresaron por don Martín. De nuevo lo apresaron, pero ahora la sentencia ejecutoria fue la tortura "de agua y cordeles". El propio virrey, amigos de su cuñado y de su hermana, sus abogados e incluso viejos conquistadores que habían sido compañeros de batalla de su padre acudieron a testificar sobre el honor de don Martin Cortés Malintzin. Nada parecía poder ayudarle. Los miembros del tribunal le exigían que confesara con quiénes había conspirado en contra del rey. Martín se mantuvo firme: "Jamás he conspirado contra mi rey, he dicho lo que sé y ésa es la verdad".

Uno tras otro, los prisioneros amenazados con la misma sentencia confesaban mentiras para ser liberados, algunos lo lograron, pero muchos otros fueron ejecutados. Era una verdadera cacería de brujas. El 7 de enero de 1568 las prórrogas que habían conseguido los abogados de Martín vencieron; durante toda la noche y la madrugada, el hijo de Malintzin, sin mayor defensa que su honor y su fortaleza, fue torturado: desnudo lo ataron al potro de tormentos, le dislocaron los huesos de brazos y piernas. En medio del martirio volvían una y otra vez a preguntarle por sus cómplices en la conspiración. Si lograba levantarse del desmayo o del dolor, repetía lo mismo: "Ya he dicho lo que sé y ésa es la verdad". Sus torturadores no frenaron, siguieron por orden del tribunal con el tormento del ahogo: cubriendo la nariz del acusado, le colocaban un cuerno a manera de embudo en la boca y vertían agua hasta que la sensación de muerte, por no respirar, los hacía desfallecer. Seis veces torturaron a Martín Cortés, entre ahogos lo asediaban con la misma pregunta. El hijo de Malinche ya no podía hablar. Entre vómitos y toses volvía a repetir: "No hice nada… ya dije la verdad". Pudo haberles dado lo que le pedían y salvarse, pero él sabía que después de esas acusaciones y la bajeza de la tortura sólo le quedaban su dignidad y su honor. No mentiría jamás, él amaba al rey Felipe, para eso fue educado, pero sobre todo no se olvidaba de lo que había prometido a su padre… *él recordaba de quién era hijo*. A las tres de la mañana, los jueces detuvieron la tortura.[89]

A la mañana siguiente dos hermanos aristócratas habían sido ejecutados tras haber confesado que ellos sí conspiraban contra el rey, y agregaron frente a todos los testigos que Martín Cortés era inocente. Lo liberaron, pero fue condenado al exilio y a pagar una multa exorbitante de mil ducados. Su abogado apeló la sentencia. Las noticias y murmuraciones sobre cómo había resistido el hijo de Hernán Cortés su martirio pesaban sobre los hombros de los jueces, más ahora, que se sabía que no era culpable. Su abogado jugó la última de sus cartas, pidió clemencia justificando la nobleza de su linaje, y por primera vez hablaron de quién era su madre: los méritos de Malintzin fueron nombrados uno a uno en voz alta durante el último juicio de Martín, era como si ella se hubiera levantado de su tumba para defender al hijo por quien estuvo dispuesta a dar la vida. Los jueces lo dejaron ir a casa y bajaron la multa a la mitad; sí tendría que regresar a España, pero sólo después de recuperarse.

---

[89] Los españoles llevaban un registro meticuloso (desde la Edad Media) sobre todos los juicios, torturas y sentencias que sus tribunales ejecutaban. Por eso contamos con el detalle del testimonio completo de don Martín Cortés (Orozco y Berra, 1853, citado en Townsend, 2015: 298).

Martín Cortés Malintzin murió en batalla en 1569, siguió defendiendo al rey cuantas veces lo llamaron al frente. Su nombre permaneció impecable, aunque eclipsado por momentos, cuando lo confundían con su hermano.

Su hijo Fernando regresaría mucho tiempo después a la Nueva España. Con miedo por lo que había sucedido con su padre y la mala fama de su tío, se instaló primero en el reino de Quito, defendió ahí el Puerto de Guayaquil de las invasiones inglesas, lo que le dio confianza y un buen nombre. Una vez que había hecho suficientes méritos por sí mismo y con una carta de recomendación firmada por el virrey de Perú, se embarcó hacia México. En el puerto de Veracruz se presentó frente a las autoridades con todas sus credenciales, pero sobre todo desarrolló, frente al Consejo de Indias, una narración hermosa sobre quién había sido su abuela, doña Marina Malintzin. El detalle de su narración denotaba cómo su padre, Martín Cortés, había tenido el cuidado de que el joven Fernando guardara honra por su abuela. Las autoridades no sólo lo escucharon con atención y paciencia, sino que le otorgaron un puesto importante en la ciudad y una pensión para poder mantener dignamente a su familia. Todo gracias al nombre de Malintzin, que se guardaba en la memoria con toda dignidad.

Fernando Cortés y su familia prosperaron.

María

María Jaramillo Malintzin vivía en una hermosa casa en la Ciudad de México cuando perdió a su madre, y permanecía en la misma casa cuando un año después apareció su madrastra. Beatriz de Andrada no tendría más de dieciséis años cuando se casó el padre de María. A la niña de tres años no le faltaba nada. Los Jaramillo eran muy ricos. Sólo cariño y compañía, dulzura y los relatos de su madre. Creció entre sirvientas indígenas e institutrices españolas, viviendo el mestizaje de una forma privilegiada por las buenas formas de su padre. Su madrastra no lograba embarazarse, don Juan Jaramillo continuaba sin descendencia masculina. Eso hacía que María fuera su única heredera y, por tanto, un jugoso partido para los jóvenes que llegados de la península buscaban hacer fortuna fácil y rápido. Así se acercó Luis de Quesada a cortejar a María Jaramillo. El joven era familiar lejano del virrey de Mendoza, pero no tenía ni posición social, ni cargos, ni nada bueno que ofrecer a la hija de don Juan, el cual, anticipando las intenciones del joven de Quesada, se negó rotundamente al noviazgo. Lo desobedecieron, incluso el novio trató de robarse a la novia. Pero ella no aceptó huir de su casa de esa manera y mejor insistió a su padre que les diera su bendición. Juan Jaramillo al final aceptó el matrimonio, sobre todo porque sabía que la honra de su hija y de su familia estaban en juego entre tantas murmuraciones, pero jamás tuvo un solo gesto de confianza para su yerno, a tal grado que antes de morir modificó su testamento heredando a María sólo una tercera parte de lo que en realidad le pertenecía. Esto dejó profundamente rica a su viuda, doña Beatriz, y furioso a su yerno, Luis de Quesada.

Juan Jaramillo tenía razón, su yerno era interesado, flojo y avaricioso. Tanto que ni siquiera esperó a que su esposa María cumpliera el luto después de la muerte de su padre para presionarla a que ejerciera acción legal contra doña Beatriz; con chantajes y falsos consuelos la asediaba: "¡Hay que impugnar el testamento!", le decía. "¡Es que no es justo lo que te han hecho!… *yo sólo quiero proteger lo que es tuyo*", argumentaba con decidida manipulación.

María en realidad lo que quería era paz y embarazarse, llevaba la muerte de sus dos padres en el corazón, se había quedado sin ancestros y en el fondo hubo cariño entre ella y Beatriz. Pero Luis de Quesada la convenció. Los juicios que emprendería se volvieron su nuevo motivo de vida, reunió testigos y se volvió experta en temas legales. Ganar y pelear por sus derechos se volvió su obsesión. Sin embargo, las tensiones se le iban acumulando en el cuerpo, vivía episodios largos de nerviosismo y nostalgia acumulada, hoy le llamaríamos *depresión*. Caía en cama, "me siento mal de los nervios", le explicaría agotada a su esposo. Pero Luis no tenía la autoridad legal para pelear por las propiedades de María, así es que la convencía, casi obligaba, a levantarse y comenzar de nuevo: había que seguir y terminar con lo que empezaron; él no estaba dispuesto a contentarse sólo con los tributos de la fracción otomí (que fue la que heredaron) de la riquísima encomienda de Xilotepec. Quería invertir los papeles, quedarse con casi todo.

No sabemos si María Jaramillo realmente se hubiera enfrascado sola, sin las cizañas de don Luis, en una batalla de más de diez años contra su madrastra. Pero gracias a cada uno de esos juicios y a las actas de testimonio de los testigos que fue llamando María, conocimos más sobre el carácter y la honra de Malinche: uno tras otro, indígenas, señores conquistadores y frailes prestigiosos como Motolinia o Toribio de Benavente argumentaban no sólo haber conocido a doña Marina, sino cómo se había comportado ella durante el tiempo de las batallas y después; citaban bajo juramento cuáles habían sido sus propiedades otorgadas por el propio Cortés (a manera de pago de su servicios); entraron en los detalles de su forma de administrarlas: Malintzin había sido prudente y sabia con sus bienes. En otros testimonios, los testigos hablaron sobre cómo los padres de María se habían casado bajo sacramento cristiano antes de continuar el viaje a Honduras, habiendo testigos, misa y bendición, por lo que todo había sido legal. En ese mismo juicio llamó la atención de los jueces, de manera especial, el testimonio del padre de la propia Beatriz de Andrada, el caballero de Santiago, don Leonel de Cervantes, hombre español honorable que había llegado a México en los primeros años de la Conquista, y que había atestiguado que era verdad que su yerno, Juan Jaramillo, se había casado en buenos términos y aceptación con Malintzin, así como que habían recibido de Cortés dos encomiendas como regalo. Sobre todo quedó asentado en las memorias del juicio lo enfático que había sido don Leonel al asumir que, sin importar la relación que tenía con la contraparte de la demanda (es decir, con su propia hija), él no iba a mentir sobre lo que sabía que era verdad de doña Marina.[90]

La forma en que los testigos de la Conquista y de los primeros años de la Colonia se expresaban sobre su madre debería de haber sido suficiente consuelo para María, motivo no sólo de orgullo profundo, sino de arraigo y sentido de pertenencia. Pero la codicia por los bienes de su padre y el veneno que había crecido en su corazón no la dejaban ver el verdadero tesoro de estos testimonios.

María se desgastó, emocional y físicamente; perdía un bebé tras otro, envejeció con rapidez. Nunca fue carente y siempre sintió que le faltaba algo. Quizá por su orfandad temprana o por vivir como mestiza en un mundo de españoles y criollos, o simplemente por ceder a la obsesiva ambición de su esposo. Cuando

---

[90] Todos los testimonios de estos juicios se encuentran documentados en AGI, Patronato 56, N. 3, R. 4, "Méritos y servicios, Marina, 1542", y AGI, Justicia 168, "Auto entre partes", en los folios 995v-997, 986, 1011, 1012, 1031, 1048, 1062-1063, 1065, 1078, 1080 y 1083-1083v, citados en Townsend (2015).

ella pausaba, agotada, don Luis la volvía a presionar. En 1546, cuatro años después de haberse casado, por fin logró dar a luz a un varón: nació su hijo Pedro. Era su adoración, pero antes de los diez años lo tendría que dejar ir: él, como todos los jovencitos ricos de su tiempo, terminaría su educación en España. Esta decisión, aunque fuera la conveniente y acordada con su esposo, dejó a María con el alma rota. Tal vez igual que a su madre, cuando se despidió de Martín. Ambas murieron al poco tiempo de ver marchar a sus hijos.

María paró el seguimiento de los juicios, además su salud no le permitía seguir. Su mayor alegría fue ver llegar a su hermano mayor, Martín. Conciliaron juntos sus soledades. Pasaban largas tardes conversando: él le platicaba sobre su vida en España, lo bien y también lo mal que lo había pasado; ella narraba una y otra vez las batallas de sus juicios, pero Martín le pedía que se detuviera en los detalles donde hablaban sobre el honor de su madre. Esto también era un inmenso consuelo para él. Sin embargo, no pudieron convivir más que un solo año. María no se recuperó de la última enfermedad que la atacó y con tan sólo treinta y siete años, murió. Martín acompañó el luto de su cuñado. Sabía por propia experiencia lo que sentiría su sobrino estando lejos, al recibir la noticia. Silenciosamente le enviaría consuelo. Asistió a las seis misas semanales en el monasterio de Santa Clara que se dieron en el nombre de su hermana: María, anticipando que su marido no gastaría mucho en su descanso divino, las dejó pagadas antes de morir. Desde ese momento, Martín se volvió un hombre muy religioso.[91]

---

[91] Townsend (2015): 282, 293.

No cabe duda de que cuando la autonomía y el carácter no están bien cimentados en el corazón, ceden su existencia ante los caprichos, formas y deseos de los demás. María Jaramillo Malintzin era hija de dos grandes: tanto su padre como su madre supieron justamente mantenerse independientes el uno del otro y buscaron, sin duda, darle a ella lo mejor que cada uno había logrado. Pero la vida y las decisiones de la misma María la llevaron a aceptar y perderse en la búsqueda de la aceptación de su marido y no parar hasta consumar "una supuesta venganza". Nunca lo logró.

Lo irónico es que el Consejo de Indias en 1573, después de veinticinco años de que los Quesada Jaramillo habían iniciado los juicios para recuperar la encomienda de Xilotepec, falló definitivamente a favor de Beatriz de Andrada. La Corona no estaba dispuesta a que se forjara un fuerte grupo de terratenientes adinerados tan lejos del territorio español e hicieron sus propios artilugios legales para que las encomiendas ya no se pudieran heredar y que esas tierras regresaran a la Corona. Doña Beatriz se había vuelto a casar con un hermano del virrey, pero siguió sin poder tener hijos. Sin herederos a la vista, que ella quedara como la dueña de Xilotepec era lo más conveniente para el Consejo de Indias. Acertaron. Al morir doña Beatriz, todas las propiedades que heredó de Juan Jaramillo regresaron a la Corona española. Al final, los pleitos de María y Luis de Quesada habían sido inútiles.

Por su parte, Pedro de Quesada Jaramillo, hijo de María, tan pronto cumplió la mayoría de edad, trató de regresar a casa. Pero fue su tío Martín quien lo instruyó para que no lo hiciera, hasta que las revueltas y agresiones de 1568 contra él y su familia, quedaran resueltas. Así lo hizo. Pedro, el segundo nieto de Malinche, fue el primero en soltar los juicios sin sentido que su padre había iniciado. Mejor se concentró en valorar la herencia de su abuelo y administrar con cuidado su parte de Xilotepec. Esa energía tuvo mejores resultados. Prosperó. Se casó y tuvo cuatro hijos: Luis, el mayor, siguió a la cabeza de la encomienda, multiplicando la riqueza de toda la familia. Los cuatro hermanos conocieron las historias familiares y con más detalle las de la bisabuela, doña Marina, sobre todo cómo había sobrevivido, siendo muy valiente, a la expedición de Honduras donde su abuela María había nacido. Su bisabuela era la mujer que se convirtió en raíz y puente del mundo en el que ellos vivían; quizá entenderían su valor o tal vez no, pero su memoria seguía en ellos.

Nosotros

María Jaramillo y Martín Cortés fueron los hijos de sangre de Malintzin, pero si seguimos la premisa de que ella fue la madre del mestizaje y que este proceso dio origen a la forma y fondo del México que hoy conocemos, todos los que nos decimos mexicanos, además de la línea directa de nuestros linajes, en mayor o menor medida, también somos hijos de Malinche.

A lo largo de nuestra historia la negamos. Como pueblo nos quedamos entonces con la madre espiritual, la Guadalupe. Nos cobijamos bajo su manto y sus promesas, su aparición por fe o por necesidad nos hizo sentir amados por el cielo, elegidos... especiales. Más allá de la religión, ha sido indispensable y valiosísima para nuestra nación. Pero a la madre de carne y hueso, la que siente y suda, la que sabe parir y amamantar, la que cedió la vida por sus hijos, la perdimos al traicionar a la Malinche. Esta orfandad elegida nos ha dejado por demás incompletos. Es injusto, incluso miope, juzgar el pasado con ojos del presente, cuadricular los hechos y perder de vista el contexto. Éste es el que da sentido y congruencia a la historia misma y reduce el espacio para la condena de "lo malo" y "lo bueno", convirtiéndolos en "lo lógico" y "lo humano".

Malintzin no traicionó a México, la historia de su vida y el contexto de México en ese tiempo nos dan suficientes datos para saber que éste es un hecho seguro y comprobado. Sabemos igualmente que sobrevivió con grandeza, cambió su vida y les dio un futuro a sus hijos. Su historia es ejemplo de fortaleza, de valentía, de intuición bien usada y de profunda inteligencia.

Ahora, después de conocer la vida de sus hijos, nos quedan claras también las sutilezas y profundidades que ellos le heredaron y las puertas que dejó abiertas para toda su descendencia. Pero sobre todo somos testigos de que los españoles y los indígenas de su tiempo, así como sus hijos y sus nietos, le otorgaron a Malintzin, ante todo: respeto.

¿No le debemos nosotros —por lo menos— lo mismo? ¿No merece su memoria ser recordada como la que fue y no como la que inventamos?

"Somos enanos en los hombros de gigantes." Ésta fue la frase que acuñó Bernardo de Chartres en 1130 para referirse a los hombres que heredaron la Edad Media: nos hace darle mérito al pasado y a quienes valientemente lo habitaron, nos deja claro que nuestro tamaño es pequeño comparado con el de ellos, pero que podemos crecer apoyándonos en lo que lograron, si tenemos —por supuesto— la humildad para aceptarlo. Lo mismo sucede ahora, con Malinche y con Cortés,[92] somos niños juzgando a sus padres:

---

[92] La propuesta de Antonio Cordero Galindo en el libro de reciente publicación

condenando sus acciones, borrando su legado con una soberbia infantil, negándonos la posibilidad de vivir con honra su linaje. Si nos levantamos en sus hombros, nuestra mirada puede llegar más lejos, sabernos grandes porque ellos nos sostienen, volvernos dignos por lo que nos han heredado. Pero primero hay que voltear a ver a la verdadera Malintzin-doña Marina, reconocerla y con humildad silenciosa atrevernos a decir "lo siento": por lo que no vi, por lo que no supe, por lo que creí. Éste es el acto de humildad que necesitamos para recuperar a la madre.

Como pueblo, como sociedad, como mujeres y hombres mexicanos, pero sobre todo como habitantes de este mundo que se hizo a base de conquistas y conquistados; nos toca dejar de buscar culpables y hacernos responsables, asumir con paz la verdad de nuestra historia y por fin, integrando a todos, evolucionar.[93]

Hernán Cortés o nuestra voluntad de no ser (2018) profundiza en el daño que nos ha hecho eliminar de nuestra herencia la grandeza que también tuvo Cortés.

[93] Todos podemos transitar de la esclavitud a la libertad. Hoy, en nuestra vida cotidiana, no vivimos con las cadenas físicas de la esclavitud, pero construimos cárceles emocionales que detienen nuestros sueños y sacrifican nuestras vidas. Mirando la vida de Malintzin como el "viaje del héroe o la heroína" expuesto por Joseph Campbell e inspirado en las brillantes propuestas de Carl Jung, podemos adentrarnos en capas más profundas de entendimiento que nos regala el camino de Malinche. Cada etapa de su vida es una metáfora que nos permite aprender de ella; reflejarnos en su camino nos ayuda a conquistar otros niveles de libertad. "El camino de Malinche" es mi propuesta personal y la puedes escuchar como cierre del libro en el QR número 13.

QR 13 El camino de Malinche.

TERCERA PARTE

LA PROPUESTA

Mexicanos con madre

Ser mujeres en el México de hoy trae consigo la responsabilidad de usar nuestros dones y talentos al servicio de otras mujeres, ayudarnos a escalar y salir de las cicatrices añejas que no nos permiten ser nuestra máxima potencia. Pero también tomar de la mano a los hombres conscientes que pueden mirar el pasado con honestidad; los que bajan la mirada con aceptación frente a lo que hemos vivido, para después levantarla y mirarnos sin más ofensa; los que honran ese pasado y actúan en consecuencia para lograr un presente distinto. A México lo dejamos sin madre cuando permitimos que el patriarcado enraizado en la cultura, sociedad y política nos contara nuestra historia; sí, "la historia oficial" decidió que la mujer que dio origen al mestizaje era una *barragana indigna:* es decir, la amante que perdió pudor y dignidad por compartir cama y propósito con el conquistador.

Todo lo demás lo olvidaron. Su lucha, su camino, su condición y sobrevivencia; se avergonzaron de su inteligencia y le escupieron a su memoria. Fueron los hombres en el poder de las letras los que cambiaron la vida de Malintzin, su sentido y significado, entre tendencias políticas y costumbres sociales quedó atrapada por el invento y embarrada por su necesidad de buscar culpables y etiquetar mujeres

Era imperante hacernos "uno solo" los mexicanos después de la Independencia de México sobre España (y de las invasiones americana, francesa y de los Habsburgo), no había espacio para negociaciones, aislarnos de todo lo que no nos permitiera seguir creciendo como nación autónoma, libre, de costumbres y formas propias: *¡desespañolizarnos!*, como dijo el Nigromante. Y lo hicimos con rigor, al extremo de negarlos en nuestra sangre y repudiarlos en nuestro entorno. ¡Oh, error, pensar que era posible! Sin embargo, ideológicamente se logró cavar la grieta en la psique colectiva de los mexicanos. En resumen, se consolidaron dos elementos fundamentales: eludir hechos importantes de la historia (como que los indígenas oprimidos por los aztecas no los querían más y se unieron por conveniencia a Cortés), y dos, usar el menosprecio que existía contra las mujeres en general, pero aún más contra las que osaran ser libres, tener voz y fuerza. Malintzin era todo eso. Se idealizó entonces a los vencidos como los buenos, y "los malos" —a excepción de los españoles— dejaron de existir en plural, sólo fue una y mujer la culpable: ella, Malinche, la india traidora que Octavio Paz nombró "la rajada", "la chingada", remarcando que los mexicanos que de ella nacieron —o sea todos nosotros— éramos "lo chingado". Ésta es la verdadera herida de toda la interpretación / invento sobre la historia de la Malinche. Después de esos siglos de construcción nacional, los mexicanos, todos, quedamos tatuados como indignos, chingados, pero sobre todo las mujeres. Ésta es la descripción de Octavio Paz sobre nosotras, en el mismo capítulo "Los hijos de la Malinche" del premiado *El laberinto de la soledad:*

La mujer, otro de los seres que viven aparte, también es figura enigmática. Mejor dicho, es el Enigma. A semejanza del hombre de raza o nacionalidad extraña, incita y repele. Es la imagen de la fecundidad, pero asimismo de la muerte [...] La mujer ¿esconde la muerte o la vida?, ¿en qué piensa?; **¿piensa acaso?; ¿siente de veras?; ¿es igual a nosotros?**[94]

Cada pregunta hiere, cada premisa escrita como conclusión quema en el pecho... y Paz sigue: "En efecto, toda mujer, aun la que se da voluntariamente, es desgarrada por el hombre. En cierto sentido, todos somos por el solo hecho de nacer de mujer, hijos de La Chingada, Hijos de Eva".

El mito se perpetúa y la culpa recae de nuevo en Eva, ahora convertida en Malinche, "sólo por el hecho de ser mujer", y para menospreciarla, comienza por nosotras:

Lo chingado es lo pasivo, lo inerte y abierto, por oposición a lo que chinga, que es activo, agresivo y cerrado. *El chingón es el macho, el que abre. La chingada, la hembra, la pasividad pura, inerme ante el exterior.* La relación entre ambos es violenta, determinada por el poder cínico del primero y *la impotencia de la otra.* La idea de violación rige oscuramente todos los significados.

---

[94] Paz (2008): 78, 93-94.

¿Éste es el lugar que les vamos a dar a nuestros hombres? ¿De verdad creemos que eso merecen? Las etiquetas sin cuidado, destruyen; y las generalidades —bien escritas— por más absurdas que parezcan, rompen. Toda armonía entre hombres y mujeres queda nulificada con estos planteamientos. El enojo como fuego soplado, crece. Y la violencia implícita en las siguientes frases son el colmo:

> La Chingada es aún más pasiva. Su pasividad es abyecta: no ofrece resistencia a la violencia, es un motín inerte de sangre, huesos y polvo. Su mancha es constitucional y reside, según se ha dicho más arriba, en su sexo. Esta pasividad abierta al exterior la lleva a perder su identidad: es la Chingada. Pierde su nombre, no es nadie ya, se confunde con la nada. Es la Nada. Y sin embargo, es la atroz encarnación de la condición femenina.

¡Éstas son letras peligrosas que han sido permitidas por generaciones!

¡No más! ¡No más justificación! La herencia de estas conclusiones de Octavio Paz y del pensamiento de muchos otros nos han dejado brutalmente expuestas y menospreciadas sin razón. Por eso también, enojadas y listas para cambiar lo que no merecemos. Todas somos Malinche. Mejor dicho, en este México sin mitos obsoletos TODOS somos Malinche porque "todos hemos sido dañados por este invento".

Si algo nos ha faltado a las mujeres es saber decir ¡basta!, poner límites a tiempo, bajar del cielo a los "dioses-hombres" que cuidamos en su trono, seguimos heredando (aunque nos duela siquiera admitirlo) una sumisión oculta, sutil, que prácticamente no vemos hasta que se nos viene encima como una avalancha que nos ahoga: "¿En qué momento permití esto o aquello?", nos decimos una y otra vez al darnos cuenta. No importa cuál haya sido la circunstancia, lo importante es descubrir la raíz oculta que no nos permite frenarnos a nosotras mismas antes de atropellarnos. Frente a Octavio Paz, eso nos ha pasado: miedo a decirle al gigante de las letras y sus predecesores: "¡No, por supuesto que no! ¡No somos eso, ni lo fuimos, ni estamos de acuerdo con el mito creado que nos ha humillado, empezando por la indígena, que nos habita metafóricamente a todas las mexicanas!".

Fueron las valientes chicanas feministas en los años setenta las primeras en pedirle a Octavio Paz que no las incluyera en su visión, y así quedó escrito por Martha Cotera: "If you think that Mejicanos are *hijos de la chingada*, please don't include us —Chicanos and Chicanas. There are some of us who just don't relate to Mexican history that way. Some of us don't think that our Mexican mothers had any choice but to open when the time came".[95]

Octavio Paz al definir —es decir, *poner fin*— la forma de ser y de pensar de los mexicanos nos etiquetó sin movimiento y por tanto sin justicia. Sus ideas no tienen más cabida. La forma no justifica el fondo: las palabras de Paz sobre las mujeres son, en sí mismas, un vicio, que no sólo es de él o único de él, sino el resultado de ese orden social patriarcal, adicional al toque de

---

[95] Cotera (1977). "Si piensas que los mexicanos son hijos de la chingada, por favor no nos incluyas a nosotros, chicanos y chicanas. Hay algunos de nosotros que simplemente no nos relacionamos con la historia de México de esa manera. Algunos no pensamos que nuestras madres mexicanas no tuvieron más remedio que abrirse y mezclarse cuando llegó el momento."

extinción de lo materno indígena que sumaron los liberales,[96] también patriarcales y machistas. Atacar solamente a Octavio Paz es tanto como creer que el destino de las mujeres en nuestro país es el resultado de un solo hombre. Nadie es tan poderoso. Paz, con sus letras, es el reflejo de una sociedad completa, en el que las mujeres sí han sido devaluadas, agredidas y hasta nulificadas. Por eso fue fácil señalar y atacar a la Malinche.

No se trata de criticar a Octavio Paz, sino de entendernos más allá de él. Por eso tiene lógica y congruencia que casi desde la publicación de *El laberinto de la soledad* en 1950, una tras otras se hayan levantado plumas poderosas y voces claras contradiciendo su teoría con bases y sustento, así hay ensayos, novelas, cuentos, obras de teatro y discursos de pensadores lúcidos, hombres y mujeres, mexicanos y extranjeros que han desmitificado la historia de Malinche, contrapunteando lo sostenido por Paz.[97] Todos

---

[96] Recordemos que fueron los liberales (encabezados por Benito Juárez en el poder, pero sustentado por la ideología de la Reforma) los primeros en generar la ruptura con todo lo que fueran "los otros" (con lo español primeramente y las indígenas que se les unieron). La Independencia fue la separación del gobierno español, pero la Reforma niega que México sea el resultado de la Conquista y la Colonia.

[97] En profundo respeto y agradecimiento por lo escrito y estudiado enumero algunos de los autores, de entre tantos contemporáneos, que se han centrado, en algún momento de su creación, en desmitificar a la Malinche: Roger Bartra, Jorge Alberto Manrique, Hernán Lara, Bolívar Echeverría, Carlos Fuentes, Jorge Estrada García, Gordon Brotherston, Carlos Monsiváis, Herbert Frey, Fernando Benítez, Manuel Aceves, Antonio Cordero y Pedro J. Fernández, entre muchos otros, aunados por supuesto a escritoras que, sin silencio, con seriedad, capacidad y hasta con humor han reivindicado a la Malinche, empezando por Rosario Castellanos, Sabina Berman, Mercedes de la Garza, Pilar González Aizpuru, Elsa Cecilia Frost, Claudia Leiter, Sandra Messinger, por supuesto Camilla Townsend, y quizá a quien más le debemos al recopilar a muchos de estos pensadores y sumar su inteligencia en el tejido es a Margo Glantz, y no puedo dejar fuera las novelas y cuentos de Elena Garro, Elena Poniatowska, Bárbara Jacobs o Carmen Boullosa, quienes entre

han buscado corregir, desde la academia, este error que nos ha hecho tanto daño. Es sin duda, a Margo Glantz, con su ahínco e inteligencia, así como coordinación generosa, a quien le debemos una de las recopilaciones más importantes de estos escritos y por tanto la semilla de la posibilidad de un cambio con sustento.[98]

Ahora nos toca a nosotros, hombres y mujeres de a pie, mexicanos que no queremos más lastres, ni etiquetas, preguntarnos si estamos a la altura de reintegrar la verdad, de mirar con objetividad la historia de Malinche, de cambiar el destino que nos impusieron, de responder de manera personal y hacer un nuevo colectivo: **"Si ya no somos los hijos de la chingada, entonces ¿quiénes somos?"**.

Cada noticia de una mujer muerta me parte el alma; cada joven desaparecida me taladra en el pecho con un ¡por qué! Busco respuesta en el sinsentido. La violencia se ha apoderado del México que amamos, el odio injustificado a la mujer se ha hecho golpiza y muerte. ¿No será que ese mismo invento que denigró a lo femenino en el centro de nuestra creación nacional profundizó también ese rencor enfermo capaz de matar? ¿Será que no darle su lugar a la Malinche y con ella a las mujeres es la raíz podrida que hace pensar a algunos hombres que nos pueden hacer lo que quieran? ¿Qué poder otorgó este pensamiento y a quién? y ¿de qué nos ha venido privando?

Las preguntas están abiertas y las posibilidades también. Es tiempo de que las letras se desborden de los libros, que los conceptos

---

historias y personajes desvelaron la idea de la traidora. Todos ellos, entre muchos más.

[98] Glantz (2008).

se vuelvan acciones y que las semillas de la verdad den frutos de dignidad. De nada nos sirve conocer la historia de la Malinche si no la habitamos en un México que lo merece. **Tenemos madre, y mucha.** No más "Evas culpables" en nuestra historia, sino mujeres poderosas y capaces, miradas con justicia, admiradas sin rencor, impulsadas y escuchadas con respeto. Los mexicanos merecemos libertad de nosotros mismos, de nuestras creencias obsoletas que nos han hecho pequeñitos y terribles al mismo tiempo, libertad de nuestras ideas de desigualdad irreconciliables. Hemos buscado la solución afuera, señalando culpables a "los otros, a las mujeres y a la Malinche" cuando la respuesta siempre ha estado dentro. No existe nación sin individuos que la construyan y la conciencia colectiva no la hace un hombre o mujer en el poder, ésta se levanta desde la transformación personal, como decía Simone de Beauvoir sobre el feminismo: "Es una lucha colectiva que se conquista en lo íntimo y lo personal". También así, la construcción de un nuevo concepto de hombres y mujeres mexicanos, que al final somos espejo de muchos otros en el mundo.

Siempre he pensado que el conocimiento no debería quedar como información acumulada, ni ser libro empolvado en el armario: aprender y conocer, en este caso la historia de Malintzin, en realidad debe de estar al servicio de la vida, de la evolución y el sentido. Defender a una mujer del siglo XVI que fue asesinada en el siglo XX tiene por objetivo desempolvar nuestro propio espejo en el presente: ¿quiénes somos sin mito, ni leyenda? ¿Cuál es nuestra grandeza sin máscara?, ¿a quién hemos matado con la lengua?, ¿qué verdad estamos dispuestos a revelar? y ¿cómo vamos a habitar las consecuencias de lo que hemos sido?... ¿Vamos a tener la grandeza de convertirnos en lo que queremos ser?

La responsabilidad de cómo vivir nuestras relaciones, todas: primero con nosotros mismos y después con los otros, entre hombres y mujeres, mujeres con mujeres, y de ahí con México y el mundo, será como siempre lo ha sido, personal.

El planteamiento de preguntas que permanezcan abiertas es directamente proporcional a la fe que sí tengo en el ser humano, por eso soy humanista; la desesperanza no es parte de mi naturaleza, por el contrario. He vivido en carne propia infiernos y sus salidas. De ahí que crea en contar esta historia y verla convertirse en un nuevo destino.

Los mitos son entidades vivas: se crean, crecen, se habitan en su máxima potencia y van perdiendo fuerza; la verdad se asoma, los desnuda, dejando sin utilidad a la máscara que los sostiene, van quedando aislados, inútiles y mueren. Se vuelven memoria: recuerdo en leyenda, que alguna vez fue creencia y verdad. Pero como dice Claude Lévi-Strauss: "Cuando un mito muere, otro nace en su lugar".[99]

La página está en blanco. Podemos reescribirnos. ¿Quiénes queremos ser los mexicanos? ¿Cómo estamos siendo? El pasado finalmente es un tesoro al que hay que regresar sólo cuando conviene y sirve, un puerto que nos recuerda de dónde venimos, qué hicimos y ya. El presente sí es el único espacio de creación, desde donde el pasado cambia a través de una nueva mirada y el futuro se asoma como posibilidad: sus colores, sus formas y características tienen semillas hoy. Entonces ¿qué vamos a sembrar?

Ya no existe "la Traidora", el mito ha muerto, pero Malinche no.

---

[99] Claude Lévi-Strauss fue un filósofo y antropólogo francés del siglo xx, fundador de la antropología estructuralista, corriente que sostiene que los fenómenos sociales pueden tratarse como significaciones y no sólo como sucesos. Los cuatro tomos de sus *Mitológicas* (1964-1971) constituyen una de las obras más decisivas y originales de la antropología del siglo xx, con su singular acercamiento a la mitología americana. En Paz (2020): 350.

Al recuperar a la madre "energéticamente", cuando comprendemos con humildad su camino y lo honramos, cruzamos también el umbral donde podemos tomar nuestro propio poder, un nuevo rumbo con libertad, nos sentimos integrados, completos; la orfandad emocional ya no duele y, entonces, nos podemos parir a nosotros mismos. Ser y ya. Ése es el regalo de la verdad.

En el nuevo mito: "Todos somos Malinche". La veo en cada uno de nosotros cuando decidimos en las mañanas hacer lo que nos toca, tomar decisiones fuertes y sostenerlas con firmeza:

Malintzin está en la fuerza de nuestro cuerpo y en la grandeza de nuestro espíritu, en la valentía de miles y miles de mujeres que son cabeza de familia, lo mismo que empresarias o atletas, en las abogadas y lingüistas, en las arquitectas y creativas, está en mis letras y en el pincel de las artistas mexicanas que llenan de color sus lienzos; en las mujeres que deciden no tener hijos y también en las que deciden cuándo y con quién tenerlos; está en nosotras, las madres que por cada hijo, nos hemos levantado, cambiado y crecido para poder estar a su lado; Malinche sigue habitando en las mujeres que nos defienden en la corte y en las consejeras que acompañan nuestros procesos. Quedó impregnada en nuestra piel, sin importar de qué color sea. Malintzin es la energía que nos recuerda que la vida no es destino, sino posibilidad. Fue La Voz en el pasado. Hoy, todas somos su lengua y traducción. Basta con querer algo mejor de lo que nos dijeron que seríamos para ser ella y tener su potencia. Y frente a los hombres, Malintzin es el espejo de la compañera, de la mujer capaz y fuerte, la que es leal, pero primero que nadie a ella misma; la que va a estar ahí, a su lado, pero ni ciega, ni confusa, clara y decidida, cuidándose antes que nada; la que puede tener humor e inteligencia, la amante y el amor, la estratega que dará sabios consejos, pero también la que ya no se pierde en falsos cuentos, ni exige lo que no puede construirse para sí misma.

Al poner un punto final a este libro no hay nostalgia, ni descanso; mi relación con Malintzin no termina, la llevo en mi corazón con intimidad y cuidado, es el origen de mi pueblo y de mi sangre, soy descendiente de mestizos y españoles. Reconozco el tesoro que fue desterrar esta historia, llevaré su vida y su ejemplo a donde vaya.

Mi último deseo es ver levantarse erguidos a los mexicanos, sin menosprecios, ni inventos, sin rencor, ni victimismo. Mi anhelo es que podamos sanar nuestro linaje, permitiéndonos ser parte íntegra de la constelación que nos da grandeza y equilibrio como individuos y por tanto como nación. Nos conviene esta forma nueva, donde hombres y mujeres comulguemos juntos y claros, sin cuentas, ni deudas, donde darnos a este país sea una entrega correspondida. Sin chingada, ni chingados. Un nuevo mito que nos devuelva UNA PATRIA CON MADRE.

Agradecimientos

Las ceremonias en el mundo antiguo comenzaban y terminaban con un agradecimiento. Era la puerta de inicio y el punto final. Sabían lo que significaba valorar, agradecer con el corazón. Escribir un libro es una larga ceremonia, que se trasciende gracias a quien te sostiene para lograrlo, como los testigos de los rituales de paso. Las horas de aislamiento son muchas, la pasión secuestra tus pensamientos, la atención está puesta en una sola intención: se mezcla la emoción con la ansiedad, es un estado de alerta que reclama silencio y tiempo. Sólo el amor y el profundo respeto por el alma del que escribe puede acompañar, con paz, este proceso. Vivirlo es el impulso que te ayuda para seguir creando y es un privilegio, por eso termino este libro, como en una ceremonia, diciendo desde el fondo de mi corazón: GRACIAS.

A ti, **Juan Brugger**, por tu amor y la altura de tu alma; por tu manera de mirarme y sostenerme; por creer en mí y en mi trabajo (a veces más que yo), por impulsar mi creación, respetando con ternura y calma la distancia que me exige, por tus brazos siempre abiertos a mi regreso. *¡Qué razón tenía mi mamá: eras tú!*

A **mis hijos amados, Alex, Xime y Dana**, saben que son mi sol, el tiempo que puedo estar con ustedes me ilumina la vida, gracias por su respeto y por su paciencia, sobre todo por hacerme sentir amada y comprendida.

A **Pilar Cordero, Matti Covarrubias, Leila Canavatti y Patty Bueno**, gracias por leerme con amor y dedicación, pero más que nada por tener las agallas de hablar con la verdad por delante, por tomarnos un vino bañado de franqueza, por la valentía de sugerir y llevarme a la pulcritud que merece mi trabajo. Su amistad es un lujo, junto con la de las mujeres que hoy acompañan mi camino, son nido y fogata al mismo tiempo. Las amo.

De manera muy especial a dos jóvenes que con inmensa capacidad sumaron su talento y conocimiento a este libro, **Diana Laura Espinosa**: linda, tu trabajo y entrega son impecables, es un privilegio contar contigo; y **Sebastián Lerdo de Tejada Desoche**: cuando te escucho, Sebas, este país se baña de esperanza.

Gracias inmensas a mi equipo de trabajo: Mariluz, Penny, Alhelí, son mi fuerza y posibilidad; a mis socios, colegas y a las empresas que han creído en mi propuesta honesta; a las familias que compartieron conmigo de manera tan generosa sus espacios en la naturaleza, sin su apoyo no hubiera podido conectar con mis letras: Claudia Desoche, Linda Harp, la familia Cordero y a Margarita y Vicente Borttoni. Muchas Gracias.

Así, para que *Una patria con madre* sucediera tuvieron que pasar años de investigación y vida para comprender la profundidad de la historia y el camino que llevaría. Esto jamás lo hubiera logrado sin mi editora, **Fernanda Álvarez**: paciente, sabia y con harto sentido del humor fluyó y me ayudó a fluir entre la pandemia, cambios de tema, fechas y entregas. Gracias, Fer, ¡es una delicia trabajar contigo!

Todos ellos me han sostenido, pero mi fuerza y mi motivo es poder servirte a ti que me lees y a ti que me escuchas. Así es que gracias infinitas por tu mirada, tu atención y tu cariño.

Mi compromiso es con mi corazón y, por tanto, contigo.

Elisa Queijeiro

Bibliografía

"Hernando Cortés a Francisco Núñez" (1963), en Mario Hernández Sánchez-Barba, *Hernando Cortés: cartas y documentos*, México, Porrúa.

"Historia de los mexicanos por sus pinturas" (1882), en *Anales del Museo Nacional*, t. II, México, Imprenta de Ignacio Escalante.

"Itinerario de Juan de Grijalva" (1993 [1939]), en *Crónicas de la Conquista*, edición de Agustín Yáñez, UNAM.

"La Cihuacóatl", México, Coordinación Nacional de Difusión del INAH. Consultado el 11 de septiembre de 2021 en https://mediateca. inah.gob.mx/repositorio/node/5044.

Aceves, Manuel (1997). *El mexicano: alquimia y mito de una raza*, México, Fontamara.

—— (1997). *El Antilaberinto*, México, Fontamara.

—— (2004). *La reinvención de la Malinche y lo judío marrano en el mexicano. Un inventario psicohistoriográfico-junguiano*, citado en

Jorge Estrada García, *Apología de la Malinche. Manuel Aceves o el retorno a la filosofía de lo mexicano desde una perspectiva junguiana*, tesis doctoral, UAEM-Facultad de Humanidades.

AGI (Audiencia General de Indias) Patronato 56, N. 3, R. 4, "Méritos y Servicios: Marina", "Marina, 1542", fol. 51, "Instrucciones y ordenanzas dadas por Hernán Cortés para las viullas de Trugillo y de Ntra. Señora (1527)", en DII, vol. 26, Yale University Library, Manuscripts Division, en Camilla Townsend, *Malintzin*, México, Era, 2015.

Benítez, Fernando (1983). *La ruta de Hernán Cortés*, México, FCE.

Brotherston, Gordon (2008). "La Malintzin de los códices", en Margo Glantz (coord.), *La Malinche, sus padres y sus hijos*, Taurus, México.

—— (1995). *Painted Books from Mexico*, Londres, British Museum Press.

Brown, Betty Ann (1983). *Seen but not Heard: Women in Aztec Ritual: The Sahagún Text*, Oxford, JC. Berlo.

Campbell, Joseph (1972). *El héroe de las mil caras. Psicoanálisis del mito*, México, FCE.

Carrasco, Pedro (1997). *Indian-Spanish Marriages in the First Century of the Colony*, Oklahoma, Norman.

Chipman, Donald (1981). "Isabel Moctezuma: pioneer of Mestizaje", David G. Sweet y Gary B. Nash (eds.), Berkeley, University of California Press.

—— (2010). *Moctezuma's Children: Aztec Royalty under Spanish Rule, 1520-1700*, Austin, University of Texas Press.

CNDH (2021). "Publicación del Plan de Iguala. Documento fundamental para la consumación de la Independencia de México." Consultado el 26 de septiembre de 2021 en https://www.cndh. org.mx/noticia/publicacion-del-plan-de-iguala-documento-fundamental-para-la-consumacion-de-la.

Cordero, Antonio (2018). *Hernán Cortés o nuestra voluntad de no ser*, México, Colofón.

Cortés, Hernán (1983). *Cartas de relación 1485-1547*, México, Porrúa.

Crook, David (1998). *Born to Die: Disease in New World Conquest, 1492-1650*, Cambridge, Cambridge University Press.

Crosby, Alfred (2003). *The Columbian Exchange: Biological and Cultural Consequences of 1492*, Connecticut, Praeger Publishers.

De Reinach Foussemagne, Hélène (2014). *Carlota de Bélgica. Emperatriz de México*, México, Martha Zamora.

De Sahagún, Bernardino (1906). *Códice Florentino, Historia de las cosas de la Nueva España*, Madrid, Francisco del Paso y Troncoso, edición complementaria en facsímil, vol. V, fototipia de Hauser y Menet.

De Torquemada, Juan (1975). *Monarquía indiana*, México, UNAM-Instituto de Investigaciones Históricas, Dirección General de Publicaciones.

Díaz del Castillo, Bernal (1983). *Historia verdadera de la Conquista de la Nueva España*, México, Porrúa.

Durán, Fray Diego (1951). *Historia de las Indias de la Nueva España y Islas de Tierra Firme*, t. I y II, México, Editorial Nacional.

Duverger, Christian (2015). *Hernán Cortés: Más allá de la leyenda*, Madrid, Taurus.

El Mapa de San Antonio Tepetlán (1519), original en el American Museum of Natural History.

Estrada García, Jorge (2017). *Apología de la Malinche. Manuel Aceves o el retorno a la filosofía de lo mexicano desde una perspectiva junguiana*, tesis doctoral, México, UAEM-Facultad de Humanidades.

Galeana, Patricia (2013). *Los sentimientos de la nación, de José María Morelos. Antología documental*, México, INEHRM. Consultado en enero de 2022 en https://archivos.juridicas.unam.mx/www/bjv/libros/10/4549/4.pdf.

Glantz, Margo (coord.) (2008). *La Malinche, sus padres y sus hijos*, Taurus, México.

Harris, Max. (1996). "Moctezuma's Daughter: The Role of La Malinche in Mesoamerican Dance", *The Journal of American Folklore* 109, núm. 432, pp. 149-77. Consultado en https://doi.org/10.2307/541833.

Imaginario, Andrea, "El laberinto de la soledad de Octavio Paz", Culturagenial.com. Consultado el 25 de marzo de 2020 en https://www.culturagenial.com/es/el-laberinto-de-la-soledad-de-octavio-paz/.

Jung, Carl Gustav (2010). *Obra completa de Carl Gustav Jung. Volumen 9/1: Los arquetipos y lo inconsciente colectivo*, Carmen Gauger (trad.), Madrid, Trotta.

Karttunen, Frances (1997). "Rethinking Malinche", en Susan Schroeder, Stephanie Woods y Robert Haskett (comps.), *Indian Women of Early Mexico*, Norman, University of Oklahoma Press.

Kellog, Susan (1997). *From parallel and equivalent so Separate but unequal: Tenochca Mexica Women, 1500-1700*, Norman, University of Oklahoma Press.

Kranz, Travis Barton (2001). *The Tlaxcalan Conquiest Pictorials: The Rol o Images in Inluencing Colonial Policy in Sixteen -Century Mexico*, tesis doctoral, Universidad de California-Departamento de Arte e Historia.

Lienzo de Tlaxcala, "Fragmento de Texas", original en la Colección Nettie Lee Benson, Austin, University of Texas.

León-Portilla, Miguel (2009). *Los antiguos mexicanos a través de sus crónicas y cantares*, México, FCE.

—— (1959). *Visión de los vencidos. Relaciones indígenas de la Conquista*, México, UNAM.

—— (1991). *Huehuehtlahtolli. Testimonio de la antigua palabra*, Librado Silva Galeana (trad.), México, SEP / FCE.

Léxico, Diccionario de lenguaje y significados, Oxford University Press.

López de Gómara, Francisco (2007 [1552]). *Historia de la Conquista de México*, Caracas, Biblioteca Ayacucho.

López Rayón, Ignacio (1847). *Proceso de residencia instruido contra Pedro de Alvarado y Nuño de Guzmán*, Valdés y Redondas.

Manrique, Alberto (1976). "Del barroco a la ilustración", en Daniel Cosío Villegas, *Historia General de México: Volumen I*, México, El Colegio de México.

Matos Moctezuma, Eduardo (1975). *Muerte a filo de obsidiana*, México, SEP / Setentas.

Meade de Angulo, Mercedes (1994). *Doña Luisa Teohquilhuatzin, hija de Xicoténcatl, señor de Tizatlán*, Tlaxcala, México, Gobierno del Estado de Tlaxcala.

Méndez, Elvira (2010). *El corazón del océano*, Barcelona, Planeta.

Messinger Cypess, Sandra (1998). "Historia y leyenda de la única mujer importante durante la conquista de México", en B. Osorio y M. M. Jaramillo (comps.), *Las desobedientes: Mujeres de nuestra América*, Santa Fe de Bogotá, Panamericana.

—— (1991). *La Malinche in Mexican Litterature: From History to Myth*, Texas, University of Texas Press.

Ojeda Díaz, María de los Ángeles, y Cecilia Rosell (2003). *Mujeres y sus diosas en los códices prehispánicos de Oaxaca*, México, CIESAS.

Orozco y Berra (1853). *Noticias históricas de la conjuración del Marqués del Valle, años de 1565-1568*, tipografía de R. Rafael, citado en Camilla Townsend, Malintzin, México, Era, 2015.

P. Cotera, Martha (1977). *The Chicana Feminist*, Austin, Information Systems Development.

Paz, Octavio (2008). *El laberinto de la soledad*, México, FCE.

—— (2020). *Vuelta a El laberinto de la soledad, conversación con Claude Fell*, México, FCE.

Peterson Favrot, Jeanette (1994). "¿Lengua o diosa? The Early Imaging of Malinche", en Eloise Quiñones Keber, *Chipping Away on Earth: Studies in Prehispanic and Colonial Mexico in Honor of Arthur J. O. Anderson and Charles Dibble*, Lancaster, Labyrinthos.

Quijano Velasco, Francisco, "El nombre de Nueva España", *Noticonquista*. Consultado el 25 de septiembre de 2021 en http://www.noticonquista.unam.mx/amoxtli/1628/1623.

Ramírez, Ignacio (1861). "Discurso con motivo del aniversario de la Independencia", 16 de septiembre de 1861. Consultado en diciembre de 2021 en https://www.memoriapoliticademexico.org/Textos/4IntFrancesa/1861IGR.html.

Ramírez, Ignacio (1984). *Obras Completas II. Escritos Periodísticos*, México, SEP.

Rojas Garcidueñas, José (1961). *Otra novela sobre el tema de Xicoténcatl*, Anales II, E30, México, UNAM.

Rossell, Cecilia, y María de los Ángeles Ojeda Díaz (2003). *Las mujeres y sus diosas en los códices prehispánicos de Oaxaca*, México, Centro de Investigaciones y Estudios Superiores en Antropología Social / Miguel Ángel Porrúa.

Sousa Lisa, (2017). *Women in Native Societies and Cultures of Colonial Mexico*, Stanford, Stanford University Press.

Townsend, Camilla (2015). *Malintzin*, México, Era.

Tuñón, Julia (2015). *Mujeres, historia ilustrada de México*, México, Penguin Random House.

Zamora, Martha, (2012). *Maximiliano y Carlota, Memoria presente*, México, Martha Zamora.

Revistas

Arqueología Mexicana, "El ciclo de la vida", autores varios: Eduardo Matos Moctezuma, Miguel López-Portilla, Mercedes de la Garza, Beatriz de la Fuente, Patrick Johansson K., núm. 60 y 2003, pp. 12-53.

Museo Naval (2013). "No fueron solo mujeres en la conquista y colonización de América", Madrid.

Arque Historia (s / f). "Las mujeres en la Conquista de América". Consultado el 17 de enero de 2017 en http://arquehistoria.com/las -mujeres-en-la-conquista-de-america-7499.

Una patria con madre de Elisa Queijeiro
se terminó de imprimir en abril de 2022
en los talleres de
Impresora Tauro, S.A. de C.V.
Av. Año de Juárez 343, col. Granjas San Antonio,
Ciudad de México